Gerhard Henschel

Der dreizehnte Beatle

Roman

| Hoffmann und Campe |

1. Auflage 2005

www.hoca.de
Dieses Werk wurde vermittelt durch die
Literarische Agentur Thomas Schlück GmbH, 30827 Garbsen
Schutzumschlaggestaltung: Katja Maasböl
Satz: Pinkuin Satz und Datentechnik, Berlin
Druck und Bindung: Clausen & Bosse, Leck
Printed in Germany
ISBN (10) 3-455-03172-2
ISBN (13) 978-3-455-03172-0

HOFFMANN
UND CAMPE

Ein Unternehmen der
GANSKE VERLAGSGRUPPE

And so it's true pride comes before a fall,
I'm telling you so that you won't lose all.
Lennon & McCartney

Ein schwarzer Mini Cooper. Der, den ich erwartet hatte. Ich stand auf den Zehenspitzen.

In mittlerem Tempo rollte der Wagen heran, mit John Lennons Chauffeur Les Anthony am Steuer und John Lennon auf dem Beifahrersitz, so wie es in den Büchern stand. Es war Mittwoch, der 9. November 1966. In ein paar Minuten würde John Lennon die Londoner Galerie Indica betreten und dort zum ersten Mal Yoko Ono erblicken und sich in sie verlieben, übers Jahr, und das wäre der Anfang vom Ende der Beatles, wenn ich, Billy Shears, dieser bekannten und vielfach verbürgten Geschichte nicht einen anderen Dreh gegeben hätte.

Für mich als Zeitreisenden aus dem 21. Jahrhundert war das ein Klacks. Eine gute Stunde zuvor hatte ich einer Telefonistin der BBC vorgeschwindelt, daß die Blaue Armee zur Bewahrung der Beatles vor Ungemach eine Bombe mit Zeitzünder in der Galerie Indica versteckt habe, und dann hatte ich auf einem vorher sorgfältig gewählten Stehplatz Stellung bezogen. Ich wollte außerhalb der Sperrzone stehen und trotzdem die Galerie im Auge behalten und die Straßenrichtung, aus der John Lennon kommen mußte.

Well my heart went zoom …

Es dauerte lange, bis die Polizei eintraf, in rührend altmodischen Rostlauben, aus denen Bobbys sprangen, oder waren das Constables? Ich kannte mich nicht aus in der Hierarchie der britischen Polizei der Sixties.

Einige rannten in die Galerie und in die benachbarten Häuser und trieben die Leute heraus. Andere riegelten die Straße ab, indem sie sich jeweils zu dritt oder zu viert hinstellten und ein ernstes Gesicht machten.

Im Fußvolk befand sich auch Yoko Ono, aber ich hatte keine Zeit, mich nach ihr umzuschauen. Ich mußte im Gewoge der herandrängenden Schreihälse meinen Stehplatz auf dem Kopfsteinpflaster behaupten. Fast gleichauf mit der Polizei war die BBC auf dem Schlachtfeld erschienen und in ihrem Gefolge innerhalb von Minuten ein Rattenschwanz von Reportern aller Arten und in deren Gefolge Horden minderjähriger Beatles-Fans. Offensichtlich hatten die Idioten von der BBC die Nachricht von der Zeitbombe zur Rettung der Beatles in alle Welt hinausposaunt.

»Paul, I love you!« schrie ein schätzungsweise vierzehn Jahre altes, gänzlich außer sich geratenes Mädchen und rammte mir im Tumult ein Knie ins Familiensilber. *Heyohoo …*

Die Polizisten bildeten einen immer dichteren Kordon, und dann sah ich, wie gesagt, John Lennons Mini Cooper kommen und einen der Polizeiwagen zurücksetzen. Es schepperte und krachte, und so nahm das Unheil seinen Lauf.

In den Büchern, die ich auswendig kannte, stand, daß John Winston Lennon an diesem Abend die Galerie Indica besuchte, Yoko Ono kennenlernte und sich in sie verknallte. In den nächsten anderthalb Jahren verwandelte sich John Lennon dann aus Liebe zu Yoko Ono in ein Zwittergeschöpf namens John Ono Lennon und ließ die Beatles irgendwann sausen.

Genau das wollte ich verhindern, und es gelang mir auch: In der von mir veränderten Vergangenheit kollidierte John Lennons Mini Cooper am 9. November 1966 mit dem oben erwähnten Polizeigefährt, und dann hatte ich Mühe, mich aus der Menge herauszuwühlen und nach Luft zu schnappen.

Gerüchte kursierten: George Harrison sei überfahren worden … Paul McCartney habe irgendwem den Parkplatz weggenommen und sei k. o. geschlagen worden …

The scream of the ambulance is sounding in my ears.

Die Wahrheit erfuhr ich erst, als ich mit Gänsehaut in meiner Hotelsuite stand und auf den Bildschirm starrte: John Lennon war am Leben, aber er hatte bei dem Unfall das Bewußtsein verloren.

Er lag im Koma.

Und ich war schuld.

Am 8. Dezember 1980, meinem zwölften Geburtstag, ist John Lennon erschossen worden. Bis dahin hatte ich mich mehr für meine Schlümpfesammlung, Hertha BSC und Karl May interessiert als für Musik, aber dann lief im Radio wieder und wieder dieser eine Song.

Let me take you down, 'cos I'm going to Strawberry Fields … nothing is real … and nothing to get hung about …

Mir wurde schwindelig davon. Da lagen sie, die schillernden Erdbeerfelder, und ich begriff, daß Erwachsenwerden auch anders ging, als sich das die Erwachsenen so dachten.

Mit meiner Leidenschaft für die Beatles konnte ich weder in meiner Klasse noch in meiner Familie jemanden anstecken, aber wir hatten einen Nachbarn, Herrn von Wilckens, einen pensionierten Lehrer, der mir im Sommer fürs Rasenmähen soviel zahlte, daß ich mir eine Beatles-LP nach der anderen kaufen konnte. Es dauerte, bis ich dahinterkam, daß die allerbesten Songs erst in den Jahren 1967 bis 1969 entstanden waren. Nach und nach verliebte ich mich auch in die naiven, mitreißenden Schnulzen aus den frühen Jahren. Yeah yeah yeah!

Ich konnte sie verstehen, die durchdrehenden Mädchen, die hinter John, Paul, George und Ringo hergewesen waren und bei den Konzerten nicht wußten, ob sie ohnmächtig werden oder einen Orgasmus kriegen sollten oder beides auf einmal.

Sehr viel älter als die kreischenden Mädchen waren die Beatles ja selbst nicht gewesen, als es losging mit der Beatlemania. Und wie rasend schnell hatten sie sich entwickelt, von Album zu Album, in sieben wilden Jahren, von der geilsten Tanzkapelle aller Zeiten über die Geniestreiche der mittleren Zeit zu den dschungelpflanzenhaften musikalischen Wachträumen der späteren Jahre. Für mich, den unauffälligen Sohn eines Steuerberaters und einer Hausfrau, waren das Bellen und das Wiehern in »Good Morning, Good Morning«, das Grunzen in »Piggies« und die Orchestermusik in »A Day in the Life« Offenbarungen.

Ich liebte alles, alles, und ich war selbst in die schwächeren Songs vernarrt.

Meine Mitschüler hielten mich für bematscht, gestört und hängengeblieben, aber das war mir egal. Ich tauchte immer tiefer hinab in den Ozean der Beatles-Musik.

Sky of blue and sea of green, in our yellow submarine …

Ich war zwar noch reichlich grün hinter den Ohren, aber ich kann mir zugute halten, daß ich nicht auf Devotionalien erpicht war. Ich wollte die Musik hören, aber ich wollte nie George Harrisons alte Harris-Tweed-Hose tragen oder den signierten Eierlöffel von Ringo Starr besitzen. In meinen Augen waren die Mädchen bemitleidenswert, die 1963 in Kensington Paul McCartneys Apartment belagert und »I hate Jane Asher« an die Hauswand gekritzelt hatten. Zu Beginn meiner Affäre mit den Beatles war ich selbst noch in der Pubertät, aber für die Anhimmelungsnummer schon zu alt und zu abgefuckt. Und trotzdem hielt ich es für traurig und idiotisch, daß die

Beatles sich 1969/70 aufgelöst hatten und nach John Lennons Ermordung auch niemals mehr zusammenkommen konnten. Die beste Band der Milchstraße! The Toppermost of the Poppermost!

Als ich älter wurde, hörte ich mir auch die Popstars an, die mit den Beatles in Konkurrenz gestanden hatten oder nach ihnen berühmt geworden waren, aber weder die Beach Boys noch die Rolling Stones, weder die Doors noch The Who, weder die Animals noch die Kinks, weder Abba noch The Velvet Underground, weder Michael Jackson noch Madonna, weder Prince noch Robbie Williams konnten in mir das gleiche sensationelle Glücksgefühl erzeugen. Bei aller Liebe.

Ich habe nie zu den Puristen gehört, die bemängeln, daß in »Getting Better« bei Sekunde 1.10 auf dem rechten Kanal ganz außen ein Schnaufen zu vernehmen sei, das dort nicht hingehöre. Spielte John Lennon 1965 bei »Ticket to Ride« auf einer zwölfsaitigen Jetglo Rickenbacker 325? Und übte George Harrison auf einer Rickenbacker 360/12? Ja, wer will das wissen? Ich verstehe auch nicht viel von Septimen und Nonen der Dur-Tonika, Moll-Subdominanten, Tritonusschritten, äolischen Kadenzen oder pandiatonischen Clustern, aber davon hatten auch die Beatles nichts verstanden. In kniffligen Fällen, wenn Paul McCartney sich ein Olivenölsolo wünschte oder wenn John Lennon wollte, daß sich die Gitarre wie eine Giraffe anhörte, war der geniale Produzent George Martin zur Stelle.

Und nun war auch ich zur Stelle.

Als ich der guten Fee begegnete, die mir den Wunsch erfüllte, ins Jahr 1966 zu reisen und John Lennons ersten Flirt mit Yoko Ono in der Galerie Indica zu verhindern, hatte ich eine abgebrochene Banklehre, neunzehn Semester Philosophie und ein gutes Dutzend Beziehungen hinter mir. Ich half stundenweise in einem Copyshop aus, dealte ein bißchen mit Speed, zapfte hier und da Bier und entsprach mit meinen mittlerweile 36 Jahren perfekt dem Anforderungsprofil einer verkrachten Existenz.

Aus meinem Altonaer Stammlokal Familien-Eck hatte mich ein Freund zu einer Vernissage in einer kleinen Kunstgalerie in der Neustädter Straße gelotst, und dort traf ich meine Märchenfee. Es ist gut, daß es an einem x-beliebigen Datum wie dem 3. Mai 2005 passiert ist und nicht an irgendeinem 9. November, denn ich habe Yoko Onos Kaffeesatzleserei immer gehaßt, den ganzen esoterischen und numerologischen Tinnef, mit dem sie John Lennon und fast alle ihre Angestellten infiziert hatte. Ihrem diebischen Sekretär Frederic Seaman verdanken wir die Milchmädchenrechnung, daß der Jahreszahl 1881 am Vordereingang des Dakota-Gebäudes, John Lennons letztem Wohnsitz, eine geheime Bedeutung innewohne: 8 + 1 = 9, 1881 + 99 = 1980: John Lennons Todesjahr. Wer auf so was abfährt, ist auf dem falschen Dampfer. Es gibt rein rechnerisch keine Verbindung zwischen dem 9. November 1966 und dem Tag, als ich, das wandelnde, damals noch behördlich unter dem Namen Daniel Seliger gemeldete Poplexikon, in der Galerie auf der Treppe nach unten mit der Fee zusammenprallte, wobei mir drei biologische Hirseklopse vom Pappteller kugelten.

Sugarplum fairy, sugarplum fairy …

Ihr Blick traf mich wie ein Stromschlag. Aurelia – sie hieß Aurelia – nahm mir den Teller aus der Hand und ging mit mir nach oben, zu einem zottigen Sitzwürfel, auf dem wir uns niederließen, und dann hielt sie mir die Linke hin, damit ich ihr einen kleinen Holzsplitter unterm Ringfingernagel herausziehen konnte. Das war keine große Angelegenheit, aber Aurelia sagte, sie sei eine Fee, und ich hätte drei Wünsche frei.

»Ach ja? Dann wünsche ich mir eine saubere Aufnahme des Songs ›Carnival of Light‹ von den Beatles«, sagte ich, denn der war nie veröffentlicht worden, nicht einmal als Bootleg, und ich hätte mein letztes heiles Hemd dafür hergegeben, wenn ich eins besessen hätte.

»Handy, mp3, CD, Kassette, Vinyl?«

»CD.«

Und wutsch – von einer Sekunde auf die andere lag eine unbeschriftete CD in meinem Schoß. Ich nahm sie mißtrauisch in Augenschein.

»Komm mit«, sagte Aurelia. »Die hören wir uns woanders an.«

Wir gingen in den Irish Rover am Großneumarkt, wo Horst Fascher am 15. Dezember 1978 mit Tony Sheridan, Ringo Starr und George Harrison als Ehrengästen den neuen Star Club eröffnet hatte, bestellten ein Pils und einen Grappa und überredeten die Kellnerin dazu, meine CD aufzulegen.

Es war ein seltsames Stück. Da wurde gegurgelt und georgelt, und John Lennon und Paul McCartney brüllten »Barcelona!« und »Are you alright?« Nach ein paar Minuten beschwerten sich die anderen Gäste über den Krach.

Ich nahm einen großen Schluck Bier und schaute in Aurelias leuchtendblaue Mandelaugen. Mit ihrem rabiaten Bürstenhaarschnitt, dem Nasenpiercing und den bemerkenswert hohen Wangenknochen erinnerte sie mich an jemanden. Bianca Jagger? I wo. Seit wann hatte die einen Bürstenschnitt? Nein, an die junge Mia Farrow. Die aus »Rosemary's Baby«. Ich schätzte Aurelia auf Anfang Zwanzig, diesen Dreh, aber bei Feen weiß man ja nie so genau.

»Jetzt mal im Ernst«, sagte ich. »Du bist also eine echte Märchenfee. Und du gibst mir drei Wünsche frei ...«

»Nur noch zwei.« Sie steckte sich eine Zigarette an.

Eine rauchende, gepiercte Fee. Ob ich träumte?

Nein. Sie konnte Bootlegs hervorzaubern, und ich hatte nicht das Gefühl, daß sie mich hoppnehmen wollte.

Ich dachte lange nach, bevor ich das nächste Mal das Wort ergriff.

»Nach allem, was ich weiß, gibt es von euch Feen solche und solche. Böse und gute. Bist du 'ne gute?«

»Jau.«

»Und zwei Wünsche hab ich noch frei?«

»Korrekt.«

Ich dachte wieder nach. »Und woher kommst du?«

»Pfff ... aus dem Feenfach. Oder Feenreich, wenn du diesen blumigeren Ausdruck vorziehst.«

Aha. Aus dem Feenfach. »Das heißt, du bist kein Mensch?«

»Wie man's nimmt«, sagte sie, aber dann beepte ihr Handy, und sie führte ein längeres Gespräch mit einem Knaben namens Timothy, das sie fast ausschließlich mit »Yes« und »No«, »Oh my God« und »Oh, I know« bestritt. Eine Fee mit internationalen Beziehungen.

Ich hatte mir unterdessen alles gut überlegt. »Was ist, wenn ich mir wünsche, noch unendlich viele Wünsche frei zu haben?«

Aurelia lächelte etwas säuerlich. »Sorry«, sagte sie. »Mit solchen Winkelzügen geht man uns seit Jahrtausenden auf die Eier. Du hast drei Wünsche frei gehabt, nicht mehr und nicht weniger. Einen habe ich dir erfüllt. Bleiben noch zwei.«

Auf die Eier? Die Feen in den Märchenbüchern meiner Kindheit hatten sich anders ausgedrückt, aber gut, wir lebten im Jahre 2005, and times had changed. »Kann ich mir wünschen, daß John Lennon und George Harrison von den Toten auferstehen und sich mit den anderen zwei Beatles wiedervereinigen?«

»Ich kann vieles«, sagte sie, nippte an ihrem Grappa und tippte an einer SMS herum, »aber ich kann keine Toten lebendig machen. Ich kann auch niemanden töten, und ich kann niemanden in dich verliebt machen. Aber sonst ist mir nichts unmöglich.«

Beim dritten Pils hatte ich alles ausbaldowert. »Wenn mein zweiter Wunsch wäre, ein Portemonnaie zu besitzen, das niemals leer wird und dem ich ohne Ende Geld in der an meinem jeweiligen Aufenthaltsort gültigen Währung entnehmen kann, gäbe es dann von dir irgendwelche Einwände?«

»Mir ist egal, was du dir wünschst«, sagte Aurelia und gähnte. »Du solltest es dir aber vor Mitternacht wünschen. Um null Uhr verfallen deine Rechte.«

Ich riß den Arm hoch. Nach meiner Armbanduhr hatte ich noch 23, nein 22 … 21 Sekunden. »Weshalb hast du mir das nicht früher gesagt?«

»Du hast mich nicht danach gefragt, mein Spatz.«

Noch vierzehn Sekunden.

»Ich wünsche mir, in den November 1966 versetzt zu werden, nach London, eine Woche vor John Lennons erstem Flirt mit Yoko Ono in der Galerie Indica, und das niemals versiegende Portemonnaie zu besitzen, von dem ich gesprochen habe«, rief ich, und es wurde dunkel um mich her.

Um die Alben »Imagine« und »Mind Games« wäre es schade, das dachte ich noch, bevor ich in den Zeitstrudel gesaugt wurde. Auf »The Ballad of John and Yoko«, »Dear Yoko«, »Oh

Yoko!« und »Two Virgins« konnte ich pfeifen und desgleichen auf die Nackedeifotos des erlauchten Pärchens. Auf fast allen Bildern sahen sie kreuzunglücklich aus, wie die ausgebrannten Junkies, die sie ja wohl auch gewesen waren. Und das Bed-in, bei dem John und Yoko Scharen von Reportern im Hotelbett empfangen hatten, für den Weltfrieden, war doch bei Licht besehen nur affig und peinlich und hatte den Vietnamkrieg nicht um einen Tag verkürzt. Im Bett den Frieden predigende Hippies waren mir zwar lieber als jeder dumpfe, von Mord und Totschlag schwadronierende Gangsta Rapper, aber man male sich aus, was die Beatles ohne Yoko in den Siebzigern, Achtzigern und Neunzigern und im 21. Jahrhundert noch alles hervorgebracht hätten. A splendid time would have been guaranteed for all!

Von 1975 bis 1980 hatte John Lennon unter Yoko Onos Knute in New York Windeln gewechselt, Brot gebacken, vor der Glotze gehangen und nur selten ein Tonstudio aufgesucht. Er war verkümmert und verdorrt, und dann hatte er die enttäuschende LP »Double Fantasy« aufgenommen. Na ja. »Watching the Wheels Go Round« wäre als B-Seite einer maueren Beatles-Single noch gerade so durchgegangen. Ohne Paul McCartney war John Lennon nicht einmal mehr die Hälfte von Lennon & McCartney wert, und das galt und gilt auch umgekehrt für Paul McCartney, wie wir alle wissen.

Ich wußte, daß Yoko Ono in dieser Geschichte nicht einfach die böse Hexe war, die die Beatles zerstört hatte. Da waren noch viele andere Motive im Spiel gewesen. Viel verwunderlicher als das Ende der Beatles ist ja die Tatsache, daß sie es so lange miteinander ausgehalten hatten, unter ungeheurem öffentlichem Druck, belagert und bedrängt von unzähligen ausgerasteten Teenagern und Reportern und Pappnasen.

Aber was wäre geworden, wenn John Lennon Yoko Ono

nie getroffen hätte? Wenn sie nicht tagaus, tagein im EMI-Studio herumgehangen hätte, als die Beatles ihre Meisterwerke schufen? Als sie einmal krank war, ließ John Lennon eine Matratze ins Studio schaffen. Wie soll man Hits komponieren, wenn man auf dem Weg vom Gitarrenhocker zum Klavier über eine kranke Bankierstochter und Konzeptkünstlerin hinwegstelzen muß? Mit einer tolldreisten Konzeptkünstlerin in Sichtweite könnte nicht einmal ein durchschnittlicher Postbeamter seinen Dienst normal versehen. Und was sollten da erst Paul und George und Ringo sagen, die ihre Songs für das Weiße Album aufnehmen wollten? Mach das mal, wenn du darauf angewiesen bist, es zusammen mit einem John Lennon zu tun, der diese Japanerin im Schlepptau hat.

Es wäre besser gewesen, für Yoko und John und für uns alle, wenn die zwei sich nie kennengelernt hätten. Vielleicht hätten die Beatles sonst noch 23 Alben herausgebracht.

Tomorrow never knows.

Aus Asche und Feuer erhoben sich die Türme des World Trade Center, die Humanbiologen vergaßen das meiste, was sie über die menschliche Genomstruktur herausgefunden hatten, die Leistungskapazität von Siliziumchips halbierte, vierteilte, achtelte, sechzehntelte, zweiunddreißigstelte, vierundsechzigstelte sich, die Berliner Mauer stand wieder auf, Madonna versank in der Anonymität, slipping down the charts, Boris Becker und Bill Gates schrumpften auf das Kaliber von Dreiradfahrern, und Langspielplatten kamen groß in Mode, während die Benzinpreise ins Bodenlose fielen, Mark Spitz seine sieben olympischen Goldmedaillen hergeben mußte und der Mond alle von Menschenhand entnommenen Gesteinsproben einkassierte … Schwäne flogen rückwärts, und die Wasser flossen bergauf.

The Magical Mystery Tour is waiting to take you away …

Dann lag ich splitterfasernackt im Gras, im Hyde Park, mitten im Swinging London von 1966, den bewölkten Himmel über und ein Portemonnaie in allen Regenbogenfarben neben mir.

Find me in my field of grass – Mother Nature's son.

Zum Glück waren keine Spaziergänger auf den Beinen. Es war tiefe Nacht, und es nieselte. Pophistorisch gesehen mochte London Ende 1966 die heißeste Adresse der Welt sein, aber nicht für Zeitreisende im Adamskostüm. Das hätte mir die Fee ruhig sagen können, daß man nach Zeitreisen nicht mehr am Leibe trug als Arnold Schwarzenegger in den Terminator-Ouvertüren.

Sitting in an English garden waiting for the sun …

Als Nackedei hatte Arnold Schwarzenegger nach der ersten seiner Zeitreisen eine Versammlung von Billardspielern aufgemischt und sich gewaltsam Anziehsachen, eine Flinte und ein Motorrad angeeignet. Da ich kein Terminator war, mußte ich anders vorgehen, aber das sollte mir leichtfallen, denn mit meinem Wunderportemonnaie war ich ein Multimilliardär und ähnelte mehr dem Mädchen, das mit seinem letzten Hemd die blanken, vom Himmel regnenden Sterntaler auffängt.

In dem Portemonnaie steckten zehn Einhundertpfundnoten. Ich nahm sie heraus, es machte leise plopp, und das Portemonnaie füllte sich wieder mit Geld.

So one day he walked into town, booked himself a room in the local saloon …

In gebückter Haltung rannte ich zum nächsten Taxistand,

steckte dem verdatterten Fahrer einhundert Pfund zu und gab ihm in meinem allerbesten Schul-Englisch einige Denksportaufgaben auf, denn er mußte mir im Laufe der Nacht und des kommenden Tages irgendwoher für viel Geld etwas Anständiges zum Anziehen und vor allem einen deutschen Reisepaß besorgen, ausgestellt auf den Namen Friedrich Wilhelm Schiers, gebürtig in Hamburg, damit sich keiner über meinen Akzent wunderte und ich als Krösus keine Schwierigkeiten mit den britischen Steuerbehörden kriegte.

Es waren viele Geldscheine von meiner Hand in die des gierigen Taxifahrers gewandert, als er mich am späten Nachmittag des 2. November 1966 vor den Arkaden eines Turms aus Stahl und Granit absetzte, Baujahr 1906, 150–153 Piccadilly senkrecht und außen dran ein Wort mit vier Buchstaben in Glühbirnenschrift waagerecht: RITZ.

In diesem altehrwürdigen Unterschlupf – with its unique air of undefinable excitement, wie der Beatles-Biograph Hunter Davies einmal geschrieben hatte – bezog ich eine Suite mit Plattenspieler, zwei Fernsehern, Kühlschrank, Steinway-Flügel, Anrufbeantworter, Zierkamin, Standuhr und zahllosen Teppichen, in deren Flausch man versaufen konnte. Die Ausmaße des King-Size-Himmelbetts hätten einem Tennisplatz zur Ehre gereicht. Mit allen Samtvorhängen, Überwürfen und gedrechselten Säulen sah es so aus, als dürfe man dort kein Nickerchen machen, sondern nur die Abkömmlinge eines Geschlechtes von Helden und Königen zeugen oder aber unter Qualen an einer raren Gehirnfiebersorte verscheiden, die man sich bei einer aufopferungsvollen Expedition zu den Nilquellen eingefangen hatte, im Dienste Ihrer Majestät.

Nach seiner stolzen Vergangenheit stand dem Ritz auch eine glanzvolle Zukunft bevor: Am 12. März 1969 würden Linda und Paul McCartney hier ihre Hochzeit feiern, und zehn Jahre später würde Mick Jagger im Ritz den Song »Start Me Up« schreiben.

Glanzvoll war jetzt aber auch der Auftritt eines dienstbaren Geistes, der sich geräuschlos in meiner Suite materialisiert hatte und ein Tablett mit einem Sektkelch und einer Flasche Champagner in den Händen hielt. »Good evening, sir«, sagte er und verneigte sich leicht. »I am Geoffrey, and I am your personal gentleman during your stay at the Ritz. Would you like champagne?«

Sein blitzsauberes Erscheinungsbild unterschied sich erheblich von meinem eigenen, aber falls dieser Butler sich Gedanken über mein Äußeres machte, wußte er sie formvollendet zu verhehlen. Wofür der mich wohl hielt. Für einen halbgaren Lottogewinner vielleicht oder für ein schwarzes Schaf aus der Krupp-Dynastie. Um ihn dauerhaft als Freund zu gewinnen, bestand ich darauf, ihn mit einem Trinkgeld zu entlassen, wie es sich nur ein echter Ölprinz leisten konnte.

»Donkeyshane, myne hair«, sagte Geoffrey, der auch einige Brocken Deutsch beherrschte.

Als ich endlich allein war, warf ich mich aufs Bett, streifte die Schuhe ab, nippte am Bubbly und betrachtete beseligt meinen blütenrein gefälschten Paß: Jetzt war ich Friedrich Wilhelm Schiers, geboren am 8. Dezember 1930 in Berlin, wohnhaft in Hamburg.

So may I introduce to you the one and only Billy Shears …

Für meinen Sprung in die Vergangenheit hatte mir Aurelia ein One-way-Ticket ausgestellt. Es gab keinen Weg zurück, aber als ich auf dem drei Meter breiten Bett lag, Champagner gluckerte und zu Billy Shears geworden war, verschwendete ich keinen Gedanken an die Welt, die hinter mir lag, weder an meine Eltern noch an die Handvoll Kumpel, die ich in ihrer sterbenslangweiligen Gegenwart zurückgelassen hatte. Ich war überglücklich. Zum ersten Mal im Leben hatte ich ein großes Ziel vor Augen, und ich weilte mitten in den Sixties, mitten in London, im Bewußtseinszentrum der Welt, und das nicht etwa als abgebrannter Rucksacktourist, sondern als stinkreicher Lebemann, dem alle Türen offenstanden, und ich würde alles, was hier abging, miterleben. Live.

Ändern wollte ich die Geschichte nur, was die Urszene zwischen John Lennon und Yoko Ono anging. Dann wollte ich den Dingen wieder ihren Lauf lassen. Ich hatte nicht vor, die Beatles persönlich zu belemmern. Mancher andere Beatles-Fan, der in den Genuß meiner märchenhaften Privilegien gelangt wäre, hätte womöglich versucht, sich als fünfter Beatle in die Band einzukaufen, aber danach stand mir nicht der Sinn. Am Schlagzeug war ich so lala, meine Singstimme klang wie die einer Hyäne, und als Gitarrist spielte ich in der Bezirksliga. Ich würde nie der fünfte Beatle werden. Allenfalls der dreizehnte, der ihnen nichts als Pech gebracht hat.

Der dritte Beatle war Stu Sutcliffe gewesen, der vierte Pete Best und erst der fünfte Ringo Starr. Der sechste war der Beatles-Manager Brian Epstein und der siebente Beatle der Produzent George Martin, dem die Beatles soviel verdankten.

Und wer könnte nicht noch alles Anspruch darauf erheben, zu den Beatles zu gehören – ihr Tourmanager Neil Aspinall; Big Mal Evans, der treue Lastesel, der in »Being For the Benefit of Mr. Kite« die Baßharmonika, in »Maxwell's Silver Hammer« den Amboß und in »Help« einen Langstreckenschwimmer gespielt und bei der Aufnahme von »Yellow Submarine« die Polonaise durchs Studio angeführt hatte; Derek Taylor, der Pressesprecher, von dem die Zeile »She's not a girl who misses much« stammt; Alistair Taylor, genannt Mr. Fixit, der in Brian Epsteins Firma als Mädchen für alles diente, Flüge buchte, Bargeld schmuggelte und anwesend war, als die Beatles ihre

Orden als Member of the Excellent Order of the British Empire erhielten und John Lennon den Gedanken erwog, der Queen LSD in den Tee zu mischen; die Toningenieure Geoff Emerick, Ken Townsend, Ken Scott, Phil McDonald und Alan Parsons; Bob Dylan als Ehrenbeatle; Yoko Ono sowieso; Richard Lester, der Regisseur von »A Hard Day's Night« und »Help!«; George Duning, der Regisseur von »Yellow Submarine«; der Drummer Andy White, der im Herbst 1962 bei der Aufnahme von »Love Me Do« Ringo Starr vorgezogen worden war; der Autohändler Terry Doran, dem das Verb »to fill« für die Zeile »now they know how many holes it takes to fill the Albert Hall« für »A Day in the Life« in den Sinn gekommen war und der in »Strawberry Fields Forever« Maracas spielen durfte … der Grafiker Klaus Voorman, der das Cover von »Revolver« gezeichnet, die Französischlehrerin Jan Vaughan, die den Reim »Michelle, ma belle« gestiftet, Peter Fonda, der die Zeile »I know what it's like to be dead« in »She Said She Said« beigesteuert, Alan Civil, der das Waldhornsolo in dem Song »For No One« gespielt hatte … der Nigerianer Jimmy Anonmuogharan Scott Emuakpor, von dem die wichtigsten Stichworte für »Ob-la-di, Ob-la-da« stammten … oder Donovan, auf dessen Mist die schönen Zeilen »Sky of blue and see green, / In our yellow submarine« gewachsen waren. Oder Erich Segal, der am Drehbuch von »Yellow Submarine« mitgearbeitet hatte. Der Produzent Mike Leander, dem wir das Arrangement von »She's Leaving Home« verdanken. Sheila Bromberg, die die zauberische Harfenmelodie gespielt hatte. Eric Clapton, der bei »While My Guitar Gently Weeps« als Lead-Gitarrist ausgeholfen hatte, oder auch der Plattencover-Fotograf Robert Freeman (»A Hard Day's Night«, »Long Tall Sally« und »Beatles For Sale«), der Cover-Fotograf Iain Macmillan (»Abbey Road«) oder Richard Hamilton, der das Cover des Weißen Albums gestaltet hatte … der Kritiker William Mann von der *Times*, der den Beatles-Song »Not a Second Time« 1963 Gustav Mahlers »Lied von der Erde« an die Seite gestellt hatte … der Journalist Kenneth Allsop, der John Lennon 1964 dazu geraten hatte, Songs zu schreiben, die mehr zu bieten hätten als das einsilbige und auf Dauer doch etwas ermüdende She-Loves-You-Schema im heiteren Radioweckersound … John Lennons Vorbild Smokey Robinson … John Lennons Jugendfreund Pete Shotton … Phil Spector, der »Let It Be« totproduziert hatte … Maharishi Mahesh Yogi alias Sexy Sadie … John Lennons gute alte Tante Mimi … Und waren nicht auch die Frauen der Beatles Beatles? Cynthia Powell? Jane Asher? Pattie Boyd? Maureen Cox? Oder John Lennons Sohn Julian, der seinem Vater 1967 eine Zeichnung gezeigt hatte, auf der ein Mädchen namens Lucy im Himmel mit Diamanten zu sehen gewesen war?

Alle diese lieben Leute sind Beatles, irgendwie, aber man stelle sich vor, es hätte 1971 im Hyde Park eine Beatles-Reunion gegeben und statt John, Paul, George und Ringo wären zur grenzenlosen Überraschung aller Fans Yoko Ono, Alan Civil, Pete Best und Tante Mimi als Fab Four auf die Bühne gekommen. Armer Hyde Park!

Als einzige waschechte Nicht-Beatles gelten unter uns rund fünf bis sechs Milliarden Beatles-Fans nur eine Handvoll starrsinniger Stones-Fans, ein philippinisches Diktatorweibchen, das sich tödlich beleidigt gefühlt hatte, weil die Beatles am 4. Juli 1966 nicht vor ihm auf den Knien herumgerutscht waren, der ehrenwerte Reverend Jimmy Stroad, der als führender Hetzredner in die Popliteratur einging, nachdem John Lennon festgestellt hatte, daß die Beatles populärer als Jesus seien, und der Produzent Dick Rowe, der den unklugen Rat seines Assistenten Mike Smith befolgt und die Beatles nach ihrer Audition im Decca-Studio in Broadhurst Gardens in West Hampstead am Neujahrstag 1962 abgelehnt hatte. Und dann gab es da noch Elvis, den King, der die Beatles irrsinnigerweise bei seinem falschen Freund Richard Nixon angeschwärzt hatte, weil sie »unamerikanisch« seien und Drogen nähmen. Kaum zu glauben, aber wahr.

Der Plattenspieler sah idiotensicher aus. Er hatte nur wenige Knöpfe, doch ich kriegte ihn nicht in die Gänge und mußte Geoffrey um Hilfe bitten, bevor ich die Schallplatten in meiner Suite abhorchen konnte.

Für das prähistorische Zeitalter, in dem ich mich befand, besaß die Sammlung von rund einhundert Alben einen geradezu biblischen Umfang. Leider war fast nur Klassisches da. Dowland, Beethoven, Bach, Vivaldi, Mozart, jede Menge Händel und dann noch dies und das von dem Eierkopf Engelbert Humperdinck, der in wenigen Monaten »Strawberry Fields Forever« in den Charts auf den zweiten Platz verweisen sollte. Humperbert Engeldinck und eine Handvoll Platten für Kinder: »Little Red Riding Hood« und »Winnie the Pooh«. Na, ich würde schon noch einkaufen gehen und den Bestand aufstocken.

Als mein Magen knurrte, bestellte ich mir ein kleines Nachtmahl aufs Zimmer.

Creme tangerine and montelimar …

Zwanzig Minuten später hielt eine Prozession von fünf Kochmützen Einzug in meiner Suite, mit fünf Servierwagen, und die Leutchen machten Miene, sich unter Geoffreys Führung sieben oder acht Gänge lang bei mir zu etablieren, angefangen mit einer umständlich eingeschenkten Eierstichsuppe, aber ich setzte mich gar nicht erst groß an den Eßtisch, sondern wollte mir ansehen, was es sonst noch alles geben sollte. Gehorsam lüpften die Gehilfen alle Tellerkuppeln und Terrinendeckel.

Tell me what you see …

Gänseleber mit Pistazien sah ich, Pfirsichpudding mit Thunfisch, Hummer mit Käse und daneben Taubengulasch, Lachs, Langusten, Austern, Morcheln, Pilzsuppe, Garnelen, Rehrücken im Kräutermantel, Forellenfilets in Fenchelsoße, zerkochte Seeteufel, gefüllte Gänsehälse, Lammkeulen im Linsenbett, Kalbskoteletts im Zwiebelgrab, Schneckentörtchen in Räucherspeck, Aal in Aspik, kandierte Früchte, Backpflaumen in Zimtsoße, Pfannkuchen, Himbeereis, gebratene Bananen, Käse-Dips und einen Ozean aus Vanillepudding. Für wen hielten die mich? Für Meat Loaf? Mußte man hier einen halben Zoo leer fressen, wenn man zu den Upper Ten gehören wollte? Ich jagte die ganze Bande zum Teufel. Nur die Pfannkuchen behielt ich da und die *Times*, die Geoffrey mir mitgebracht hatte.

»Hemingway's sister found dead«, stand auf der ersten Seite. Mrs. Ursula Depson sei nach einer Vergiftung durch Schlaftabletten tot in Honolulu aufgefunden worden. Und der Premierminister Harold Wilson, nicht zu verwechseln mit Brian, Dennis oder Carl Wilson von den Beach Boys, debattiere mit einem Mister Smith auf einem vor Gibraltar liegenden Kreuzer über die Rhodesienkrise. Die hatten Sorgen!

Harold Wilson, das war der mit den schlechten Zähnen. Er bleckte sie ganz ungeniert auf einem Foto mit den Beatles, das ich in George Harrisons Autobiographie »I Me Mine« gesehen hatte, in ferner Zukunft.

Ich nahm einen Bissen vom Blaubeerpfannkuchen und trat auf den Balkon.

London by night was a fabulous sight. Der schöne Park, die funkelnde Westminster Bridge und der Buckingham-Palast, wo die Beatles am 26. Oktober 1965 um 11.10 Uhr im Great Throne Room ihre Orden von der Queen empfangen hatten ... der Ordensträger Hector Dupuis hatte darüber gemosert, daß er seinen Titel nun mit einem Haufen vulgärer Schwachköpfe teilen müsse (»a bunch of vulgar numbskulls«). Ob das Königshaus das wollen könne?

Furore machen würden die Beatles noch in ein paar hundert Jahren, wenn sich niemand mehr an den vulgären Schwachkopf Hector Dupuis erinnern wird.

There'll be no sad tomorrow. Don't you know that it's so.

Sex-racked London Town, das interessanteste und schönste, grandioseste und komplizierteste Ungeheuer, das die Welt trägt – das unwahrscheinlichste, phantastischste Menschheitswerk des Erdballs – the most precious spot in the world – die erstaunlichste Stadt des Universums. Was wurde da unten nicht alles ausgebrütet! In wenigen Wochen würde Jimi Hendrix mit Ginger Baker, Jack Bruce und Eric Clapton im Central London Polytechnic jammen. The Who würden hier bald auftreten, Alexis Korner, Procol Harum, Pink Floyd, The Soft Machine, The Velvet Underground, Frank Zappa and the Mothers of Invention ... and here was Billy Shears, ready to rock. Thank your lucky stars!

I am the backwards traveller, ancient wool unraveller ...

Es war eine Welt ohne Aids, ohne Notebooks und Playstations, ohne Screendesigner und Usability-Berater, ohne DVDs, ohne Farbfernseher mit Fernbedienung, ohne Britney Spears, Naomi Campbell und Giselle Bündchen, ohne Arschgeweihe, Bungee-Jumping, Walkmen und Airbags, ohne Eichel-Piercing, Geldautomaten, Kontoauszugsdrukker, Mikrowellengeräte, Subwoofer, Cyberpunk, Digitalkameras, QuarkXPress, Golfkriege, Alcopops und pinkfarbene Telefonhörer. Leider auch ohne Google, Bootlegs und CD-Brenner und noch ganz ohne Deutschlands dermaleinst mit Abstand besten Musikbuchladen Medium Music Books in der Rosenstr. 5–6 in 48143 Münster, but this was London, so what the fuck!

Hier, wo die Telefonzellen noch rot waren, spielten sich die jungen Yardbirds ihre Fingerkuppen blutig, und in Kürze würden Pink Floyd für ihre Lightshow fünf Sattelschlepper brauchen …

Der Himmel war wolkenverhangen. Sonst hätte ich mir dort oben die erst in den Achtzigern von Brian Skiff und Dr. Edward Bowell vom Lowell Observatory in Flagstaff, Arizona, entdeckten Asteroiden vorstellen können, vier kleine Planetoidenpartikel, die ab 1984 mit Billigung der International Astronomical Union die Namen Lennon, McCartney, Harrison und Starr tragen sollten.

Dann sah ich noch etwas fern, aber es kam nur lauter Mist. Vorm Einschlafen nahm ich mir ein Magazin vor, das auf dem Nachtschrank lag. *Mylady's Boudoir.* »What the Well-Dressed Man is Wearing«, dieser Essay fesselte mich noch für einige Zeit, denn ich hatte vor, mir eine umfangreiche Garderobe zuzulegen.

Und da ward aus Abend und Morgen der andere Tag. Was könnte geiler sein für einen eingefleischten Beatles-Fan, als Geld wie Heu zu haben und am 3. November 1966 im Londoner Ritz zu erwachen wie ein verjüngter Ray Shackleford?

My life was bright and gay and glamourous now. Ich riß den Schlafzimmervorhang auf, und es ward Licht.

Here comes the sun. Here comes the sun and I say … it's alright.

Das war es also. Swinging London in its heyday, brimming with celebrities and sex and drugs and rock'n'roll. Und ich war mittendrin. Billy Shears, the world's greatest ever trickster.

Rasiert, gebadet, gewürzt und gesalbt mit Woods of Windsor Aftershave, West Indian Extract of Limes und Coconut Oil und gesättigt von einem exorbitanten Frühstück – Tea and the Etceteras –, so schritt ich aus den Pforten des Hotels hinaus, in a state of single blessedness, fresh as a daisy, going on a wild goose chase and playing for the big one, im Paradies, das mir, dem Nouveauriche, zu Füßen lag.

Am Abend hatte im Prince of Wales Theatre die Revue »Way Out in Piccadilly« Premiere, mit Cilla Black, die wie die Beatles bei Brian Epstein unter Vertrag stand. Ob ich mir dafür eine Karte sichern sollte?

Ich flanierte die Berkeley Street hinauf, bis zum Mayfair Hotel. Dort sollte Brian Jones vor einem halben Jahr, randvoll mit Alk und Acid, versucht haben, mit seinem Rolls-Royce durch die Drehtür zu brechen, auf der Jagd nach Bob Dylan, der es gewagt hatte, die Hawks als beste Band der Welt zu bezeichnen, noch vor den Beatles und den Stones. Allerjüngste Zeitgeschichte.

Good day sunshine … Es war ein klarer, kalter Herbsttag, und die Welt war jung: Elvis Presley war nur vollschlank und Tom Waits erst süße sechzehn Jahre alt. Kann man sich das vorstellen?

Ich winkte ein Taxi heran, reichte dem Fahrer eine Einhundertpfundnote und sagte ihm, daß ich ein bißchen Sightseeing machen wolle, bis abends, ob das okay sei? Er brauche mir nachher auch kein Wechselgeld herauszugeben.

Der Cabby musterte mich in einer Weise, die sich sonst nur

Bettler oder Psychopathen gefallen lassen müssen. Als er auf die gleiche Art auch den Geldschein gemustert hatte, nickte er, und los ging's.

Die Ziele meiner kleinen Lustreise mußte ich dem Fahrer durch die Trennscheibe zurufen. Ich wies ihn an, die Park Lane hinaufzufahren, vorbei am Dorchester Hotel, wo Foyle's Book Shop am 23. April 1964 zur Premiere von John Lennons erstem Buch einen Lunch ausgerichtet und der Ehrengast Lennon die kürzeste Dankesrede aller Zeiten gehalten hatte: »Thank you all very much. You've got a lucky face!« (Oder aber: »Thank you very much, and God bless you!« Da weichen die Evangelien voneinander ab.) In der Harlequin Suite des Dorchester würden John und Yoko am späten Abend des 27. Januar 1969 den Manager Allen Klein treffen, und er würde als Totengräber der Beatles in die Geschichte eingehen, wenn es mich nicht gäbe.

»I'm a great admirer of the Beatles«, schrie ich dem Taxifahrer zu. »You too?«

In dem ruppigen Cockneyslang, den ich auch heute, nach vielen Jahren der Schulung, nur unvollkommen verstehe, gab mir der Mann durch die Trennscheibe etwas zur Antwort, das ich als Verneinung interpretierte: »Every time I 'ear those guttersnipes, I kills myself!«

Er hielt aber, auf meinen Wunsch, vor 57 Green Street kurz an. Hier, in Apartment L, hatten die Beatles zu Beginn ihrer Londoner Zeit gehaust und von Baked Beans und Fischstäbchen gelebt. Von außen sah das Haus ganz adrett aus. Jetzt hätte ich gerne jemanden an meiner Seite gehabt, der meine Gefühle teilte, und ich brüllte: »Please take me to the Abbey Road Studios in St. John's Wood!«

Es war dort so, wie ich es mir vorgestellt hatte. Vor den Studios lungerte eine jugendliche, in Schlafsäcken und Regenmänteln steckende Volksversammlung – Souvenirjäger, Autogrammsammler und Groupies: Abbey Scruffs, desperately hoping to catch a glimpse of the Moptops.

Wir hielten an, und ich stieg aus.

Die Beatles würden sich hier frühestens am nächsten Donnerstag wieder blicken lassen, rief ich. Wer scharf auf einen Trip zu den Wohnsitzen der Beatles im Grüngürtel sei, dürfe einsteigen.

Niemand regte sich. Mein Akzent schien die jungen Leute zu irritieren, aber dann kamen doch zwei Mädchen näher. Achtzehn, neunzehn Jahre alt. Das eine hielt ein Pappschild mit der Aufschrift »Ringo, we love you!« in der Hand.

»Where you going to?«

Zuallererst wolle ich einen Blick auf Ringo Starrs Landgut in Weybridge werfen, sagte ich, und es dauerte keine zwölf Sekunden, bis die beiden vor Vergnügen quietschenden Mädchen hinten neben mir im Taxi saßen. Eigentlich hatte ich vor der Fahrt nach Weybridge noch einen Zebrastreifen barfüßig abschreiten wollen, aber »Abbey Road« war ja noch lange nicht erschienen, und ich wollte nicht für durchgeknallt gehalten werden, nun schon gar nicht, wo ich diese beiden Dollybirds gefangen hatte.

Joy und Nelly hießen sie und hatten die Schule geschmissen und wollten Models werden und stammten aus Ipswich und arbeiteten stundenweise in Shoreditch als Babysitterinnen und als Verkäuferinnen in der Carnaby Street und wohnten in einer Bruchbude bei Freunden im East End und liebten Ringo Starr noch mehr als die drei anderen Beatles und waren unaufhörlich am Plappern, oogly-googling, und sie bestärkten mich in dem Gefühl, daß ich eine rattenscharfe Zeit vor mir hatte, die schönste meines Lebens.

Some kind of happiness is measured out in miles ...

Nelly trug ihre kastanienbraunen Haare im Pagenkopfschnitt und küßte einen so, daß man auf maliziöse Gedanken kam. Joy war eine Bilderbuchblondine mit blitzblauen Augen. Die Haare trug sie schulterlang, und ihre Zunge schmeckte nach Minzbonbons. Während wir südwestwärts nach Surrey fuhren, kostete ich einmal hier und einmal dort und kam mir vor wie der Spatz Erich aus dem Gedicht, das ich noch aus der Grundschule kannte, über die drei Spatzen auf einem Ast an einem Wintertag: Sie rücken zusammen dicht an dicht, so warm wie der Erich hat's niemand nicht.

As snug as a bug in a rug.

You may say I'm a dreamer but I'm not the only one.

Der Fahrer hielt mich wahrscheinlich für bekifft oder neureich oder beides, aber einmal drehte er sich um und griente mir zu, denn er schien begriffen zu haben, daß ich etwas Besonderes war, die Taschen voller Geld hatte und alle Frauen um den Finger wickeln konnte.

In seinem Wohnsitz Sunny Heights in der South Road in St. George's Hill in Weybridge hortete Ringo Starr sechs Fernsehgeräte (eins davon im Badezimmer), einen Billardtisch, ein Cowboypistolenholster von Elvis Presley, drei Hunde, neun Katzen und einen einarmigen Banditen, und im Garten gab es eine Bahn für Go-Kart-Rennen. Das war mein Expertenwissen, mit dem ich glänzen konnte. Nicht ganz einfach war es dann, Nelly und Joy an einem Einbruch in das Haus zu hindern. »Come on«, sagte ich schließlich, als sie mit ihrer Kodak-Instamatic an die dreihundert Fotos verschossen hatten und versuchten, im Vorgarten mit bloßen Händen einen Akazienstrauch auszubuddeln. »Let's take a look at Kenwood and Kinfauns and after that let's go back to town and have a meal. Be my guests.«

Das ließen sich meine Glimmer Twins nicht zweimal sagen.

Sein hoch auf dem Hügel gelegenes Anwesen Kenwood in der Cavendish Road hatte John Lennon im Juli 1964 für zwanzigtausend Pfund erstanden und für fast vierzigtausend renoviert und umgebaut. Es hatte 27 Zimmer, einen Swimmingpool, Ziegelkamine, eine Bar in Weltkugelform, samtverkleidete Eßzimmerwände und einen verglasten Frühstücksraum. Hier und da hingen bleigerahmte Aquarelle aus einem uralten französischen Botanikbuch an den Wänden, und irgendwo stand eine Ritterrüstung mit einem Gorillakostüm herum. Der Hausherr war mit Dreharbeiten in Spanien beschäftigt.

»How do you know all these things?« fragte Joy und sah mich aus ihren treuen blauen Augen an. Ich hatte nicht vor, mich als zweibeinige Beatles-Enzyklopädie aus der Zukunft vorzustellen, deshalb sagte ich nur, daß ich schon so allerlei über die Beatles gelesen hätte, in Fan-Magazinen.

Beep beep, mm, beep beep, yeah!

Als eine Telefonzelle in Sicht kam, bat ich den Fahrer anzuhalten und reservierte telefonisch im Restaurant Gay Hussar in der Greek Street einen Tisch für Nelly und Joy und mich. Da hätte ich ein Vierteljahr früher anrufen müssen, teilte man mir mit, aber nach mittelschwerem Gesülze meinerseits, wobei ich andeutete, daß ich ein enger Freund des Stammgastes Paul McCartney sei, haw-haw, und mich beim Trinkgeld nicht lumpen ließe, war dann doch auf einmal etwas frei: »We've kept you the last table, Mr. Shears!«

Ich hängte ein und sah mich um. Die Gegend wirkte wie zu Tode gepflegt. John Lennons Nachbarn waren Börsenmakler, Hobbygolfer, Zahnärzte und Rechtsverdreher, und es wunderte mich nicht, daß er sich hier unwohl fühlte. Doch schon bald, das wußte ich, würde in Kenwood der unsterbliche Song »A Day in the Life« entstehen. Also bitte.

Ehrfürchtig schweigend fuhren wir im Claremont Drive im Schrittempo an George und Pattie Harrisons Haus namens Kinfauns vorüber. In diesem buntbemalten, länglichen, hinter einer Hecke verborgenen Wohnschlauch mit beheizbarem Swimmingpool waren heute, wie ich wußte, Donovan und Ravi Shankar zu Besuch. Vielleicht saßen sie in dieser Minute auf den großen indischen Sitzkissen im Wohnzimmer und zogen einen durch. Ich hätte es ihnen gegönnt.

I feel good in a special way. I'm in love and it's a sunny day …

Als wir endlich wieder in der City waren, taten mir die Kieferknochen weh vom Knutschen.

Ins Gay Hussar hätten sich Joy und Nelly niemals ohne meine Schirmherrschaft hineingewagt und sich das auch gar nicht leisten können. Ich bestellte geröstete Ente mit Bohnen und eine Flasche Rotwein für uns drei, und sie warfen sich darauf, als ob sie seit einer Woche gefastet hätten.

Feed the brute. Liebe geht durch den Magen.

Das Gay Hussar war eins der angesagten Restaurants in dieser Zeit. Wenn man jemand war und essen ging, dann irgendwann auch dort. Als wir die Tafel aufhoben, ließen sich eine Schönheit aus dem Morgenland und ein Gentleman von ihren Barhockern herab, um unseren Tisch zu übernehmen. Die Dame war mir nicht bekannt, aber ihr Begleiter: Es war der junge Roger Moore. Er trat einen Schritt zurück, um uns Platz zu machen.

»Lord Brett Sinclair, I presume«, sagte ich und tätschelte ihm die Schulter.

Roger Moore schnitt eine süßsaure Grimasse, und es war köstlich anzusehen, wie er in aller Eile überlegte, ob er auf den

Arm genommen werde oder ob ich ihn tatsächlich mit irgendeinem Lord verwechselt hätte. Als Lord Brett Sinclair würde er ja erst in den Siebzigern in der Fernsehserie »Die 2« auftreten, wovon er im November 1966 noch nichts wissen konnte.

»Never mind, Euer Durchlocht«, sagte ich, um die Situation zu entkrampfen. »But, oh, by the way – mir schwillt da eine Frage im Gebeiß, Euer Lordschuft: Would you kindly remember me to Mister Danny Wilde? I'm Billy Shears.«

Ich drückte ihm kurz die Hand, nickte seiner Tischdame zu und zog von dannen. Im Spiegel hinter der Bar sah ich, wie Roger Moore mir verdutzt nachblickte, bevor er die Augen wieder seiner Begleiterin zuwandte, die Brauen hochzog und sich mit dem Zeigefinger an die Stirn tippte.

Warte nur, dachte ich, bis sie dir die Rolle des Lord Brett Sinclair anbieten und Tony Curtis die des Danny Wilde. Dann wirst du dich fragen, ob dir im November 1966 im Gay Hussar der Teufel selbst begegnet ist.

Wir unternahmen einen Fischzug durch One Stop Records in der South Molton Street und fuhren reichbeladen im Lift zu meiner Suite im Ritz hinauf.

»Jesus Christ!« rief Joy, als ich die Tür geöffnet hatte. »That's really weird!« Und dann, als sie die Nase ins Badezimmer gesteckt hatte: »Oh my God! Look at the bathroom fittings! Far out!«

Der Badewannenwasserhahn war wie ein Pfauenkopf geformt und gefärbt. Für Joy und Nelly war das neu, und ich hatte Verständnis dafür, daß sie ausflippten.

Nelly war auf den Balkon gelaufen und bebte angesichts der Aussicht in Ekstase.

Vom Geländer aus wies ich mit segnender Gebärde auf die Stadt. »Look out«, sagte ich. »One day, this will all be yours ...«

»Yep«, sagte Nelly. Dann löste sie ihre Augen von der hinreißenden Figur, die das nächtliche London machte, und bedachte mich mit einem zweiflerischen Blick. »Tell me one thing, Billy. Who are you?«

Was hätte ich sagen sollen? Die Wahrheit? Daß ich ein Zeitreisender aus der Zukunft sei, der seinen Reichtum einer guten Fee verdanke?

»Well, to be honest, I'm a teenage werewolf«, sagte ich und tappte zurück in die Suite, zu dem Karton mit den neuerworbenen Platten. Ganz oben lag »Aftermath« von den Stones.

Die Beatles überlegten noch, ob sie ihre nächste Platte »After Geography« nennen sollten, sagte ich, und Joy und Nelly kringelten sich vor Lachen. Ich hatte es gut getroffen mit ihnen, und im Laufe der Nacht wurden sie Ringo mehrmals untreu – erst Nelly, dann Joy, dann wieder Nelly, dann wieder Joy, und dann schlummerten wir ein.

After all, it was the Ritz.

Es waren harmlose Späße, mit denen wir uns in den nächsten Tagen vergnügten. In der Marylebone Road besuchten wir Madame Tussaud's, wo Joy ein Foto von mir und den Beatles aufnahm. Als Wachsfiguren trugen John, Paul, George und Ringo noch ihre Pilzkopf-Frisuren und warteten darauf, von Michael Cooper für das »Sgt. Pepper«-Cover fotografiert zu werden.

Per Taxi steuerten wir die größten Sehenswürdigkeiten an. 13 Emperor's Gate in West Kensington, fünfter Stock: Das war die erste eigene Wohnung von John, Cynthia und Julian Lennon gewesen. 57 Wimpole Street: Dort hatte Paul McCartney im Haus der Familie Asher gewohnt. 15 Hanson Street: Das war die Wohnung von Barry Miles, dem späteren Archivar von William S. Burroughs und noch späteren Biographen von Paul McCartney. 7 Cavendish Avenue: In dieses dreigeschossige, elektrisch gesicherte Haus waren Paul McCartney und Jane Asher Ende März eingezogen. Im Mad Room im Obergeschoß würden »Penny Lane« und »Hey Jude« Gestalt annehmen, und eines Abends in der Zukunft würde Paul McCartney das Fenster öffnen, sich mit seiner Gitarre aufs Fensterbrett setzen und den auf der Straße versammelten Fans den nagelneuen Song »Blackbird« vorspielen.

Take these broken wings and learn to fly …

Teenies mit roten Ohren hielten sich vor dem Haus auf, the so-called riff-raff, und nur der Eigentümer war ausgeflogen.

Als ich mir bei Henry Poole & Co. in der Savile Row für alle Fälle einen Blue-Pinstripe-Maßanzug anfertigen lassen wollte, schickte ich meine Haremsdamen vorher mit unverschämt viel Taschengeld zum Shopping in die Carnaby Street und ging meiner Wege, zum Rasierwasserkauf in die Galerie Lafayette in der Regent Street, zu Dad Dougie Millings, dem Schneider der Stars in der Great Pulteney Street, der einen Kurzauftritt in »A Hard Day's Night« gehabt hatte und bei dem sich Paul McCartney, Cliff Richard, Tommy Steele und Billy Fury einkleideten, dann zu Anello und Davide in der Charing Cross Road, zu den Star Shirt Makers in der Wardour Street, wo die Maßhemden fünf Pfund kosteten, zum Schuhmacher John Lobb in der St. James's Street und im entfesselten Kaufrausch auch noch zu den Boutiquen in der King's Road – Granny Takes a Trip, Countdown, Mary Quant's Bazaar, Top Gear, Michael Man's Boutique und natürlich Dandy Fashions: Einer der Besitzer dieses Ladens war der blutjunge, mit den Beatles befreundete Guinness-Konzern-Erbe Tara Browne, dessen Todestag nahte. Ich stolzierte gerade in einem Paar Straußenlederstiefel vor dem Spiegel herum, als mir aufging, daß ich der einzige Mensch auf der Welt war, der Tara Browne das Leben retten konnte, weil ich wußte, wann und wo der Unfall geschehen würde.

Denn ich kannte ja die Zukunft. Wenn auch nur die der Popstars.

Und als mir eine Sekunde später klar wurde, wie viele davon ich noch warnen mußte vor ihren Verabredungen mit dem Tod oder auch nur vor Knochenbrüchen, Hausdurchsuchungen und anderem Schrott, knickten mir die Beine ein.

Irgendwer vom Personal war so nett, mir ein Glas Wasser zu bringen.

In meiner Suite nahm ich die Parade der Lieferanten ab und sah wohlgefällig zu, wie Geoffrey all die hübschen Sachen auspackte und in den Schränken verstaute – Sakkos aus Flanell und Spitze und einen blauen Tweedsakko mit olivgrünem, rostrotem und dunkelblauem Fadenkaro, vier Brokatjacken, dreißig Seidenkrawatten, zwei kanariengelbe Blazer, ein orangefarbenes Samtcape, drei Scottish Boxer Shorts, acht Einstecktüchlein, zwei dunkelgrüne Dufflecoats, ein Dutzend Lambswool-Pullover, ein Paar Hirschlederhandschuhe, einen Regenschirm von Swaine, Adeny, Brigg & Sons, zwei perlenbesetzte Angebergürtel von Hung On You, einen Schlehdornholzspazierstock von James Smith and Sons, Halbschuhe von Lilley & Skinner, einen afrikanischen Fez, eine viktorianische Federboa, allerlei Merinowollsocken, Manschettenknöpfe und Krawattennadeln, eine todschicke Melone und manches mehr.

Für Nelly und Joy waren beim Shopping sieben oder acht Paillettenkleider abgefallen, fünf Hüte, haufenweise Halstücher und Blusen und alles in allem elf Paar Schuhe, die meisten schreiend rot und grün, aber wenn die Mädchen damit glücklich waren, what the hell? They were mature women, but they had the blush of youth.

Als wir uns neu eingekleidet hatten und im Palmensaal ein Täßchen Tee trinken wollten, wurde ich von einem hüstelnden, sich in Zerknirschung windenden Obermotz beiseite gebeten und in aller Form darüber aufgeklärt, daß den Gepflogenheiten des Hauses eine gesetztere Kleidung entspreche: »It would be greatly appreciated if you could fit in with the formal dress code in our public areas.« Und gewißlich sei es auch für meine Begleiterinnen ein leichtes, aus ihrer Garderobe Kostüme der stilleren Farben und Formen zu wählen.

Im Vergleich mit den anderen Gästen wirkten wir drei recht schrill, das mußte ich zugeben, und ich gelobte Besserung. Nicht daß ich hier noch vor die Tür gesetzt wurde. Über allem Poussieren und Prassen hatte ich das Ziel und den Zweck meines Aufenthalts in London nicht aus den Augen verloren, und um keinen Preis wollte ich meine Operationsbasis im Ritz verlieren.

Der Marquee Club war ein Lokal mit reicher Tradition. Hier hatte George Harrison im April 1966 Eric Clapton kennengelernt, und Brian Jones hatte mit seiner Gitarre Harold Pendleton den Schädel einzuschlagen versucht. Am 6. November besuchten Nelly, Joy und ich im Marquee ein Konzert von

David Bowie, von dem weder Nelly noch Joy je zuvor etwas gehört hatten. David Bowie sah sich selbst noch nicht sehr ähnlich, und er hörte er sich auch gar nicht an wie er selbst, aber er war's, und ich wollte ihm verraten, was ich über seine Zukunft wußte.

Ich müsse diesem Gentleman nur kurz etwas mitteilen, sagte ich zu Nelly und Joy und ließ sie bei zwei Gläsern Scotch zurück, in denen sie mit Strohhalmen herumblubberten.

Ein Alligator, der den Durchgang zum Künstlergarderobentrakt bewachte, türmte sich blitzartig vor mir auf und gegen ein geringes Entgelt ebenso schnell wieder ab. Hinter der zweiten Tür links stand David Bowie. Er trank ein Glas Wasser.

»Hello there«, sagte ich und pochte an die offenstehende Tür. »Just a few words ...« Er müsse mir nicht glauben, doch er solle es getrost tun, denn ich wisse einiges über ihn und sein ferneres Leben. Am 21. März 1976 werde man ihn in einem Hotel in Massachussetts wegen des Besitzes von Marihuana verhaften. »Keep that in mind. And keep on making music so uncompromised that one day you will have absolutely no audience!«

Es war David Bowie anzusehen, daß er an dieser Mitteilung zu knacken hatte. Er stellte sein Wasserglas ab und tastete nach einer Nagelschere, die rechts neben dem Waschbeckenhahn darauf wartete, einem Irren wie mir im Zweikampf in die Halsschlagader gestochen zu werden.

»I just can't help thinking about you«, sagte ich. »Good luck.«

Dann ließ ich ihn stehen. Es war das erste Mal, daß ich einem Popstar persönlich gegenübergetreten war, wenn man einmal mein Rencontre mit dem Chansonnier Reinhard Mey außer acht läßt, das stattgefunden hatte, als ich zwölf gewesen war und er mir nach einem Konzert in Berlin ein Autogramm gegeben hatte. Es war auch das erste Mal, daß ich einen Popstar vor einem garstigen Ereignis in seinem ferneren Leben gewarnt hatte, wenn auch ohne durchschlagenden Erfolg, wie es aussah.

In den fünf Minuten meiner Abwesenheit hatten Nelly und Joy, die nicht oft etwas umsonst zu kriegen schienen, zwei neue Runden Scotch bestellt und alle Gläser bis auf den Grund geleert. Eine halbe Stunde später rechnete mir ein erboster Taxifahrer vor, was ich ihm schuldig sei: Polsterreinigung, Wertminderung und Verdienstausfall, und ich mußte viel Trinkgeld hinlegen, um den Wüterich zu beschwichtigen.

Im Ritz waren mir vier starke Männer vom Nachtdienst dabei behilflich, Nelly und Joy in meine Gemächer zu tragen, wo die beiden Grazien sogleich in Tiefschlaf fielen, topsyboozy, wie sie waren. Mit Waschlappen, Wasser und Seife ließ ich ihnen noch eine Katzenwäsche im Gesicht und am Hals angedeihen, denn man ist ja kein Unmensch, aber dann mußte ich schleunigst wieder los, zu den Beach Boys, die im Finsbury Park Astoria aufgetreten waren, und mit viel Geld und guten Worten gelang es mir, hinter der Bühne zu Dennis Wilson aufzuschließen, der mir zwischen zwei Drinks sein Ohr lieh.

»Mister Wilson«, hob ich an, doch bevor ich meine Warnungen aussprechen konnte, brach ein Pulk Schwerenöter in die Garderobe ein und schwemmte mich zwei bis drei Meter weit fort. Irgendwer steckte mir eine qualmende Zigarre zwischen die Zähne, und jemand anders drängte mir eine Flasche Sekt auf. Genaugenommen war Dennis Wilson, als ich endlich wieder in die Nähe seines linken Ohres gelangte, schon fast zu stramm, um die Bedeutung meiner Botschaft zu erfassen. Ich schrie ihm zu, daß er sich von Charles Manson fernhalten und am 28. Dezember 1983 vor Marina del Rey in Kalifornien entweder nur Wodka trinken oder aber nur tauchen solle. Oder wenigstens zuerst tauchen und danach den Wodka trinken, denn sonst werde es böse ausgehen.

Bevor ich wieder abgedrängt wurde, fischte ich einen leicht glasigen Blick von Dennis Wilson auf.

»Believe me!« rief ich, und dann war kein Durchkommen mehr.

Ein paar Takte zu reden gehabt hätte ich auch noch mit Brian Epstein, der im Flur stand, paffend, an die Wand gelehnt, aber ich war müde, und der lief mir schon nicht weg.

Die Scotchtaufe hatte Nelly und Joy fürchterlich mitgenommen, und sie zogen es vor, den Montag im Bett zu verbringen, obwohl wir die einmalige Möglichkeit hatten, aus der Ferne zuzusehen, wie Ringo Starr und Brian Epstein in Heathrow die Four Tops abholten, die am 13. November in Brian Epsteins Saville Theatre auftreten sollten.

»No, no, no«, stöhnte Joy. »I've got a head like King Richard ...«

Sie übertrieb. Ihr Teint war teils käsig, teils krebsrot, und ihre Haare standen strubbelig umher, aber bei einem Richard-Löwenherz-Lookalike-Contest hätte sie verdammt schlecht abgeschnitten.

Mir war es nur recht, daß ich auf mich allein gestellt war, denn es wurde langsam Zeit für eine Ortsbesichtigung, und ich warf mich in Schale.

Vom Ritz zur Galerie Indica in 6 Mason's Yard waren es nur wenige Schritte. Dort bereiteten die Managerin Geneviève Morgan, Marianne Faithfulls Ehemann John Dunbar, Barry

Miles, Yoko Ono und ihr Ehemann Tony Cox die Ausstellung »Unfinished Paintings & Objects by Yoko Ono« vor. Über der Galerie wohnte Eric Burdon – jedenfalls sollte er das später in seiner Autobiographie behaupten –, im Keller des Gebäudes entstand unter Wolken aus weichen Drogen die nächste Ausgabe der Underground-Zeitung *International Times,* und wenn er sich nicht gerade auf seinen Lorbeeren ausruhte, war nebenan, in seinem Studio im ersten Stock, ein berühmter Fotograf bei der Arbeit, Gered Mankowitz, der die Stones 1965 bei ihrer US-Tournee begleitet hatte.

Ich wußte, daß die Galerie von Paul McCartney mit fünftausend Pfund bezuschußt worden war und daß John Lennon von John Dunbar eine Einladung zu der Vernissage erhalten hatte und sich von der Sache eine avantgardistische Orgie erhoffte, irgendwas mit Schnecken in Säcken, und ich wußte auch, was geschehen würde, wenn ich nicht eingriff: John Lennon würde in der Galerie für fünf imaginäre Shilling einen imaginären Nagel in Yoko Onos »Painting to Hammer a Nail In« hämmern, von einem ausgestellten, zweihundert Pfund teuren Apfel auf einem Acrylständer hingerissen sein, aus Yoko Onos Händen ein Kärtchen mit dem schriftlichen Ratschlag »Atme« entgegennehmen und sich verlieben. Erst zwei Jahre später würde aus John und Yoko ein Paar werden, aber hier würde alles seinen Anfang nehmen. Hier, in der Galerie Indica, sollte übermorgen die Drachensaat gesät werden, und wenn sie aufging, würde Yoko Ono als Mother Superior den ihr leider hörigen John Lennon in ein heroinsüchtiges Wrack und dann in einen brotbackenden Stubenhocker verhexen.

Pools of sorrow, waves of joy …

Ich wanderte auf und ab und stellte Mutmaßungen darüber an, aus welcher Richtung Lennons Mini Cooper zu erwarten war und was ich selbst tun sollte. Mich dazwischenwerfen? Dann würde Les Anthony mich zermalmen. Eine Stinkbombe in die Galerie schmeißen? Kindisch. Feuer legen? Wohl verrückt geworden. Ich war gekommen, um Gutes zu tun, und ich hatte nicht vor, dabei über Leichen zu gehen. Eine leere Bombendrohung, das war etwas Reelles. Da konnte nichts schiefgehen. Niemand würde gefährdet, und was platzen würde, wäre keine Bombe, sondern nur die Vernissage.

Ich suchte mir den besten Stehplatz für den großen Tag aus. Anschließend beschaffte ich mir beim Aliens Registration Office in der Lambs Conduit Street gegen etwas Bakschisch alle nötigen Papiere, die mir einen Aufenthalt von unbegrenzter Dauer ermöglichten. Dann kehrte ich zurück in mein pied-à-terre.

»Hey, let's have a tea break«, sagte ich und klatschte in die Hände, aber Nelly und Joy lagen immer noch wie etwas von der Hauskatze Erbrochenes im Bett, und so nahm ich den Afternoon Tea im Ritz ganz alleine ein, unter Kronleuchtern und Ornamenten und bei Tafelmusik vom Flügel, und überdachte alles. Hatte ich irgend etwas übersehen?

Nein. Mein Plan war fehlerlos.

Abends, als meine Liebsten wieder bei Kräften waren, speisten wir im Restaurant Parkes am Beauchamp Place. Ich hatte ein horrendes Bestechungsgeld zahlen müssen, um ohne wochenlange Voranmeldung einen Tisch zu bekommen. Der Besitzer des Lokals war ein gewisser Tom Benson aus Liverpool, ein Freund von Paul McCartney. Auch George Harrison war hier manchmal zu Gast, und Tom Benson hielt für ihn Bambussprossen aus der Dose vorrätig.

Für uns gab's Avocados, Wild mit Kirschen und Huhn mit Weintrauben, und es war herrlich, Nelly und Joy wieder erblühen zu sehen. Auf einen Drink – ich einen doppelten Brandy, Nelly und Joy je zwei Coke – fuhren wir danach zum Royal Court Hotel am Sloane Square, wo Jane Asher und Paul McCartney ihren ersten Abend verlebt hatten.

Sounds of laughter, shades of love were ringing through my opened ears …

Am Dienstag sahen wir uns den Wachwechsel vorm Buckingham-Palast an. Die Typen mit der todernsten Miene unter der berühmten Bärenfellmütze hatte ich nun doch mal aus der Nähe sehen wollen. Das wirkte alles sehr akkurat, aber ich hätte wetten können, daß keiner von denen bei der Fahne geblieben wäre, wenn er ein Portemonnaie wie meins besessen hätte.

In dem Laden namens Indiacraft am Ende der Oxford Street, wo George Harrison die Sitar gekauft hatte, die in »Norwegian Wood« zu hören ist, deckten sich meine Freundinnen mit Räucherstäbchen ein und im Indica Bookshop in der Southampton Row mit Fachliteratur über Ringo Starrs Sternzeichen Krebs. Hier kauften auch die Beatles psychedelische Literatur. Ob sie dieses eine Regal berührt hatten? Oder das da?

Bis zur Dämmerung hielten wir uns mit Fish and Chips aufrecht. Nelly und Joy wollten dann noch einen Einkaufsbummel machen. Ich vertrat mir solange draußen die Füße.

Die Polizei wollte ich nicht anrufen. Nachher schnitten die alles mit und würden mich überführen. Und in der Galerie selbst würde man mich vielleicht als harmlosen Spinner abtun. Besser wäre es, die BBC ins Spiel zu bringen. Dann wäre auch gleich für großen Trubel gesorgt, und John Lennon würde mit seinem Mini Cooper steckenbleiben, weitab vom Schuß.

In Gedanken ging ich alles durch: Bombendrohung, Galerie wird geräumt, Viertel wird abgesperrt, John Lennon fährt wieder heim und aus die Maus. Es war das perfekte Verbrechen, dachte ich, wenn es denn ein Verbrechen war und nicht der größte Liebesdienst an der Menschheit seit der Zähmung des Feuers und der Erfindung des Rades, und als ich aufsah, stand ich genau vor Brian Epsteins erstem oder zweitem Quartier in London, 15 Whaddon House, William Mews. Eine Etage tiefer, in Flat 7, waren 1963 George Harrison und Ringo Starr eingezogen. Ich interpretierte das als gutes Omen, obwohl ich auf dem Gehweg fast in einen Haufen weißer Pudelkacke gelatscht wäre.

Von ihrem Einkaufsbummel kamen meine Freundinnen mit einem klobigen Vogelbauer zurück, in dem ein Wellensittich herumflatterte und tschirpste.

»Look at the love-bird!« rief Nelly. »Isn't he sweet?«

Auch das noch. Ich schickte das Vieh samt Käfig per Taxi voraus in meine Suite, und dann versackten wir im Nachtleben.

Im Alvaro in der King's Road, auf der Treppe zur Herrentoilette, humpelte Brian Jones vor mir her. Wenn es irgend jemanden gab, den ich noch warnen mußte, dann war es dieser düstere Schönling, der sich jetzt an die Brust faßte, zum Waschbecken rannte und sich die Seele aus dem Leib reiherte. Die Warnung hob ich mir für später auf.

Vom Alkohol hatten Nelly und Joy genug. Ich nicht. Ich war in einer Stimmung, in der man Verruchtes tun möchte, und so schleifte ich meine Sweethearts durch einige Spelunken in Soho, bis wir in Raymond's Revue Bar in der Brewer

Street landeten, einem vornehmen Striplokal. Hier werde am 18. September nächsten Jahres The Bonzo Dog Doo-Dah Band mit »Death Cab for Cutie« für den Film »Magical Mystery Tour« auftreten, lallte ich, aber damit konnte ich bei Nelly und Joy keinen Eindruck schinden. Woher hätten sie auch wissen sollen, was es mit der »Magical Mystery Tour« auf sich hatte?

Ich muß wohl etwas ausfallend geworden sein, denn sie verließen mich, und ich saß plötzlich ganz alleine da, während mir eine Animierdame vom Steg herunter ihre dicken Brüste zeigte, mit rotierenden Propellern an den Brustwarzen, so ähnlich wie in der einen Szene in dem noch gar nicht gedrehten Film »Die Reifeprüfung«, und da trollte ich mich.

Bis in den frühen Morgen lag ich wach in meinem Himmelbett, knipste die antike Nachttischlampe aus, wieder an, wieder aus und wieder an und wälzte mich von einer Seite auf die andere.

Wednesday morning at five o'clock, as the day begins ...

Wie sollte ich sie formulieren, meine Bombendrohung?

»Good afternoon! I would like to tell you that some evil guy has hidden a bomb somewhere inside the Indica Gallery in Mason's Yard. Thank you, Ma'am.« Würde mir das jemand abnehmen?

»Listen, little Lady. I won't say it twice. There's a high-explosive device in the Gallery Indica, and if I were you, I'd better hurry up and sent someone to deactivate it before it's too late. Didja got that?«

Ich hatte keine Erfahrung in solchen Dingen. Um mich abzulenken, blätterte ich in der neuesten Ausgabe von *Beatles Monthly*, aber meine Gedanken irrten immer wieder ab, zu der großen Aufgabe, die ich mir gestellt hatte.

Als alles vorbei war, lag ich wie gelähmt vorm Fernseher. A dying duck in a thunderstorm.

Ich hatte es versiebt. Verpatzt, verbockt. Versaubeutelt. Vergeigt. Vergurkt.

I'd made a hash of it.

He blew his mind out in a car …

Vor dem Charing Cross Hospital in der Agar Street, in das man John Lennon zuerst verfrachtet hatte, schmachteten und fieberten mehr als fünftausend in Tränen aufgelöste Beatles-Fans, obwohl er nach der neuesten Nachrichtenlage inzwischen ins Middlesex Hospital in der Mortimer Street verlegt worden war. John Lennon sei außer Lebensgefahr, liege aber im Koma, teilte ein kurz angebundener Arzt einem BBC-Reporter mit und verschwand hinter der Milchglastür der Intensivstation. Mit den Beatles, sagte der Reporter, hätten die Ärzte dieses Krankenhauses Erfahrung: Anfang Dezember 1964 seien Ringo Starr hier die Mandeln entfernt worden, und er habe sie als Andenken behalten.

Falsch. Die Operation hatte im University College Hospital in der Gower Street stattgefunden, und das Angebot, die Mandeln mitzunehmen, hatte Ringo Starr ausgeschlagen.

Yes, of course, Mr. Know-it-all alias Shears alias Seliger … Auf einmal widerte mein Fachwissen mich an. Für einen wie mich war volkstümliche Musik aus deutschen Landen gut genug. Ein Fan von Wolfgang Petry hätte ich werden sollen, jawohl, und in der Wernersgrüner Musikantenschenke versauern und verrotten.

»Man muß ein Kotzbrocken sein, wenn man groß rauskommen will«, hatte John Lennon einmal gesagt, »und die Beatles sind die größten Kotzbrocken der Welt.« Wie alle guten Fans hatte ich diese Äußerung mit gemischten Gefühlen zur Kenntnis genommen. Jetzt wußte ich, daß John Lennon unrecht gehabt hatte: Der größte Kotzbrocken der Welt war ich selbst. Public Enemy Number One. Ich hatte die Beatles gekillt, kurz bevor sie die höchsten Gipfel ihrer Kunst erklimmen konnten. Ein Blue Meanie war ich, Schmutz, eine Kreatur, die unter einem Stein vegetieren sollte, im Sumpf, inmitten glitschiger Sekrete, behaftet mit Skrofusole, Schenkelfisteln, Beulen und Abszessen. Ein Insekt, das Wanderer zur Brotzeit angewidert von der Stiefelspitze schnippen. Ein Schandfleck, ein Mängelexemplar, mindere Ware. Ausschuß. Dreck. Ein Muster ohne Wert. Irgendein Ding aus den Sümpfen. Viel weniger als ein Kotzbrocken. Ich war die Gasblase im Speichel einer leprakranken Ratte … eine Bazille im Eiter auf der Warze am Darmausgang eines Wurms, der sich von Milbenkot ernährt. There was a shadow hanging over me. Ich war bösartiger als Mark David Chapman. Wenn es John Lennon vorherbestimmt gewesen war, Yoko Ono zu erobern und die Beatles zu verlassen – was ging mich das an? Mit welchem Recht hatte ich mich in John Lennons Leben breitgemacht?

I didn't mean to hurt you, I'm sorry that I made you cry …

Immer mehr Menschen drängten sich vor dem Eingang des Krankenhauses. Sie hielten Kerzen in den Händen, legten Blumen nieder, beteten und schluchzten. Dann ein Kameraschwenk, Unruhe, Blitzlichter: Brian Epstein war aus der Tür getreten. »John will be fine«, sagte er, hinter einem Urwald aus Mikrofonen, und bedankte sich für die Anteilnahme und die Genesungswünsche aus aller Welt. Die Queen habe ihren Leibarzt an John Lennons Krankenbett entsandt, und der Premierminister habe in einem Telegramm sein tiefes Mitgefühl und die herzlichsten Genesungswünsche ausgesprochen. Bei diesen Worten zitterte Brian Epsteins Unterlippe, und er wandte sich ab.

Der nächste Arzt, den die Reporter ausquetschten, gab

etwas mehr preis: John Lennons Vitalfunktionen seien zwar intakt, aber wie es um sein Gehirn stehe, lasse sich erst beurteilen, wenn er wieder bei Bewußtsein sei, und das könne dauern.

Y*our day breaks, your mind aches …* Nach Frühstück war mir nicht, aber ich ließ mir alle möglichen Zeitungen kommen, in der trügerischen Hoffnung, irgendwo das erlösende Wort zu finden, daß John Lennon wieder auf dem Damm sei und mit Feuereifer Demokassetten besinge. Falls es Ende 1966 schon Demokassetten gab.

Wunschträume.

He was in a car-crash and he lost his head …

Es kostete mich einige Mühe, die regelmäßig wiederkehrende Karawane von Zimmermädchen mit ihren Staubwedeln, Besen, Kehrblechen und Bettbezügen abzuwimmeln. Ein Schwein wie ich gehörte in den Dreck. Von mir aus konnte ich verschimmeln.

Please don't spoil my day, I'm miles away, and after all, I'm only sleeping.

Der einzige dienstbare Geist, dem ich die Tür öffnete, war mein Scotch- und Zigarettenkurier Geoffrey, der sich von mir gottlob auch den hartnäckig nach Futter und Wasser tschilpenden Wellensittich schenken ließ.

Yes I'm lonely, wanna die …

Diese verdammte Fee. Die sollte mir noch einmal im Mondschein begegnen, dachte ich und sah mir meine Hände an: Ob Feen sterblich sind? Und ob ich es fertigbrächte, eine zu erdrosseln? Tiefer, als ich gesunken war, ging es sowieso nicht mehr hinab.

Can you take me back where I came from? Can you take me back?

Jedesmal, wenn ich den Fernseher einschaltete, bekam ich Mädchen zu sehen, die sich aus Kummer um John Lennon die Augen aus dem Kopf weinten. Weshalb hatte ich mich nicht ins Jahr 1960 zurückgewünscht? Da hätte ich noch Eindruck schinden können bei den Beatles ... Mit meinen Mitteln hätte ich ihnen einen Auftritt in der Royal Albert Hall verschaffen und den aufwendigsten Reklamefeldzug des Jahrhunderts ins Werk setzen können ... auf ewig hätten mich die armen Schlucker dann in ihr Herz geschlossen, und ich hätte sechs Jahre Zeit gehabt, Yoko Ono ein bildschönes Atelier einzurichten, am anderen Ende der Welt, in Neuseeland meinetwegen, in Alaska oder auf der Osterinsel, und alle wären glücklich und zufrieden gewesen.

Hätte, könnte, wäre ...

Einmal unterbrach die BBC die Heerschau heulender Mädchen und führte vor, wie der Oberbürgermeister von London in einer prunkvollen Staatskarosse von der Guildhall zu den Royal Courts of Justice fuhr, eskortiert von Dudelsackbläsern und Musketieren, und am Remembrance Sunday war zu sehen, wie die Queen und irgendwelche Regierungsmitglieder Kränze am Grabmal des unbekannten Soldaten niederlegten. Tags darauf hatte Prinz Charles Geburtstag und wurde volljährig, womit er ohne jede Einschränkung das Recht auf die Thronfolge erwarb.

Träum weiter, Junge, dachte ich und ließ den nächsten Bericht über die Trauer von Millionen Beatles-Fans über mich ergehen. Wenn die gewußt hätten, daß ich, der tolpatschige Ersatzmann für Billy Shears, diesen Unfall verursacht hatte, hätten sie mir die Augen ausgekratzt, ach was ... zerfleischt hätten sie mich und dann auf meinen Leichenteilen Pogo getanzt und meinen Kopf als schauriges Symbol des Bösen aufgespießt und im Monstrositätenkabinett zur Schau gestellt, und das wäre nur gerecht gewesen.

Nervtötend waren die Anfragen meiner Schneider, wann ich denn nun endlich zur ersten Anprobe zu erscheinen geruhte. Aber bei welcher Gelegenheit sollte ein Würstchen wie ich einen Maßanzug tragen? Ein Pyjama mit Brandlöchern und Urinflecken entsprach meinem sozialen Status und meinem Selbstwertgefühl viel präziser.

Taking my time, lying there and staring at the ceiling …

Da ich mich nicht vom Fleck rührte, bequemten sich die Schneider schließlich einer nach dem anderen persönlich mit der Ware zu ihrem gutsituierten Kunden Billy Shears ins Ritz und begehrten Einlaß. Um des lieben Friedens willen ließ ich sie alle herein und quälte mir sogar das eine oder andere Lächeln ab. Unterm Strich mußte ich an die dreißigmal aufstehen, was äußerst ermüdend war.

Wie es Nelly und Joy jetzt wohl ging. Lieber nicht daran denken! Wenn die beiden über mein schändliches Treiben im Bilde gewesen wären, hätten sie mich in Stücke gerissen.

Und wieder mußte ich hoch und die von Anello und Davide maßangefertigten Beatles-Boots anprobieren. Ja, sie paßten. Besser wären aber Schuhe aus Zement gewesen und eine erste und letzte Anprobe auf dem Grund der Themse.

Am 24. November gaben Paul McCartney, George Harrison, Ringo Starr und Brian Epstein eine Pressekonferenz und sagten, daß sie zuversichtlich seien, was John Lennons Gesundung betreffe, und daß sie damit rechneten, bald wieder mit ihm ins Studio gehen zu können. Von Rechts wegen hätten die Beatles bereits an diesem Tag in der Abbey Road mit den Proben für »Strawberry Fields Forever« anfangen müssen.

I was dreaming of the past and my heart was beating fast …

Es folgte Werbung für Kellogg's Corn Flakes: »Good morning, good morning! The best to you each morning! Sunshine Breakfast! Kellogg's Corn Flakes! Crisp and full of fun!« Dieser Spot hätte John Lennon zu dem Song »Good Morning, Good Morning« inspirieren sollen, aber die Vergangenheit, wie ich sie kannte, war hoffnungslos aus dem Leim gegangen. Das Schärfste war, daß nicht einmal die Beatles selbst das volle Gewicht meiner Schuld ermessen konnten. Und wem sollte ich die Wahrheit erzählen? Die einen hätten mich ausgelacht, und die anderen hätten mich in die Klapsmühle gesperrt.

Boy, you're gonna carry that weight … carry that weight a long time.

8. Dezember: John Lennons Todestag. Und mein Geburtstag. Übrigens auch der von Sammy Davis Jr., Jim Morrison, Bobby Elliot und Sinéad O'Connor. Und von Kim Basinger. Und in Kingston, Jamaika, kam an diesem Tag ein gewisser Richard Shaw auf die Welt, der sich dereinst unter dem Namen Bushwick Bill als Gangsta Rapper den Geto Boys anschließen sollte.

You say it's your birthday. It's my birthday too – yeah.

Zur Feier des Tages bestellte ich mir Champagner, Jaffa Cakes und eine Schüssel Reis mit Cranberry Sauce aufs Zimmer. Wie alt war ich nun eigentlich? 37? Oder minus 2? Und wer wollte das wissen? Alle mal herhören! The one and only Billy Shears, der Halunke, der John Lennon in die Intensivstation befördert hat, feiert Geburtstag! Möchte jemand einen Toast ausbringen?

Es waren gut sechs Meter vom Bett bis zum Abfalleimer in der Zimmerecke. Ich hatte Übung und versenkte den Korken gekonnt im Ziel.

Happy birthday to you.

Im Radio gab es nur Oldie-Sender. »Monday Monday« ... »Have You Seen Your Mother Baby Standing in the Shadow« ... »The Sound of Silence« ... »Strangers in the Night« ... Wenn ich genug davon hatte, sah ich mich wieder im Fernsehen um, bei »Juke Box Jury«, »Top of the Pops« und »Ready, Steady, Go!«, wobei ich zu vergessen versuchte, was für ein mieser Wurm ich war, doing nothing but ageing.

Hellwach wurde ich, als die Nachricht kam, daß John Lennon die Augen aufgeschlagen habe. *In the middle of the night.* Nur für Sekunden, aber das war doch schon mal was! Eine Krankenschwester bezeugte den Vorgang, und Billy Shears schöpfte Hoffnung.

The London Telephone Directory hatte vier Bände mit insgesamt 3628 Seiten, und mehr als zehn davon waren voll mit Browns und Brownes, aber es gab nur einen Tara Browne, und den mußte ich vor seinem jugendlichen Leichtsinn schützen. Am Sonnabend, dem 17. Dezember, rief ich ihn in seiner Budike in der Eaton Row in Belgravia an und teilte ihm mit, daß ihm morgen früh bei der Fahrt zu David Vaughan aus einer Seitenstraße von Redcliffe Gardens ein Volkswagen die Vorfahrt nehmen oder ihm auf der falschen Straßenseite entgegenkommen werde, oder daß er selbst, nach anderen Quellen, eine rote Ampel ignorieren, einen geparkten Lieferwagen rammen und jedenfalls tödlich verunglücken werde, wenn er heute nacht mit seinem Lotus herumkarriole.

»Who is that speaking, please?« fragte Tara Browne nach einer dramatischen Pause.

Einer, der es gut mit ihm meine, sagte ich und legte auf.

Und siehe da, er hatte es geschluckt: Den ganzen Sonntag über wurde nichts von einem tödlichen Verkehrsunfall in Redcliffe Gardens gemeldet. Meine nächste gute Tat führte ich zur Teezeit aus, indem ich Chas Chandler 28 rote Rosen schickte: »To Chas – many happy returns – Billy Shears.« Ich wußte, daß er in 34 Montagu Square seinen 28. Geburtstag feierte, zusammen mit Jimi Hendrix, Eric Burdon, Mitch Mitchell, Zoot Money, Alan Price, Brian Auger, dem Journalisten Chris Welch und Bill Wyman, und man darf wohl davon ausgehen, daß auch Damen anwesend waren.

Jetzt hätte ich ins Warner Theatre gehen können, zur Weltpremiere des Spielfilms »The Family Way«, für den Paul McCartney die Musik geschrieben hatte, doch es wäre taktlos von mir gewesen, diesen Festakt durch mein Erscheinen zu entweihen.

I returned to my hangover.

Der kleine Lichtblick in John Lennons Krankenakte blieb folgenlos, und ich legte mir eine gepflegte Depression zu. Daß sich Mick Jaggers Ex-Freundin Chrissie Shrimpton in der Vorweihnachtszeit mit einer Überdosis Schlaftabletten das Leben zu nehmen versuchte, war auch nicht dazu angetan, meine Stimmung zu heben.

Auf die Seele fiel mir jetzt erst der Gedanke an meine Eltern, die ich in der Zukunft zurückgelassen hatte. Nicht daß wir je ein Herz und eine Seele gewesen wären – es mag hart klingen, aber mein Vater war ein ziemlich dummer Hund, und meine Mutter ... na ja, die schwörte auf Howard Carpendale. Da hatte es nie eine Basis für Gespräche von mehr als anderthalb Minuten Dauer gegeben. Ich glaube, meine Eltern waren ganz froh, als ich meine Platten- und CD-Sammlung eingepackt und mich mit ungenauen Plänen ins Blaue verzogen hatte. Wir waren auf verschiedenen Planeten zu Hause gewesen, auch wenn wir neunzehn Jahre lang in Dahlem unter einem Dach gewohnt hatten. But they had given me everything money could buy ... und nun ließen sie vielleicht schon polizeilich nach mir suchen ...

Als ob sie gerochen hätte, daß sie einen gebrochenen Mann beherbergte, wünschte mir die Hoteldirektion am ersten Weihnachtsfeiertag schriftlich und telefonisch ein frohes Fest und gab sich die Ehre, in meiner Suite einen über alle Maßen mit Engelein, Lametta, Kugeln, Knabberwerk und elektrischen Kerzen drapierten Christbaum aufzubauen. Zusätzlich erhielt ich als Gruß des Hauses sechs Flaschen Champagner, einen Früchtekorb, fünf Blumensträuße, ein Stück Zimtapfelseife, ein mit Gewürznelken und Orangenschalen aromatisiertes Kännchen Christmas Tea, ein Töpfchen Brandy Butter und einen ofenwarmen Victorian Christmas Pudding, den mein Butler Geoffrey neben meinem Bett mit Kirschwasser flambierte. Nichts davon hatte ich verdient.

Am Boxing Day schrieb Jimi Hendrix nachmittags in der Künstlergarderobe des Upper Cut Clubs, der dem Boxer Billy Walker gehörte, den Song »Purple Haze«, und John Lennon hätte in der BBC-Comedy-Serie »Not Only … But Also« in einem Sketch als Türsteher auftreten sollen, der vor einem Pissoir in der Broadwick Street Wache schiebt. Es kam aber nichts dergleichen, denn die Szene hätte am 11. November 1966 gedreht werden müssen, und da hatte John Lennon schon im Koma gelegen. Was kam, war ein Interview mit Paul McCartney und Ringo Starr: Ja, sie würden John Lennon regelmäßig besuchen. Nein, sein Zustand sei unverändert. Ja, George Harrison halte sich in Bombay auf, aber die Beatles werde es weiterhin geben.

Dann mußte ich telefonisch John »Hoppy« Hopkins warnen, einen der Gründer der *International Times*. Am 30. Dezember werde die Polizei seine Wohnung in Queensway durchsuchen, und er solle sie doch bitte von Drogen säubern.

»All right, I'll do it, but who are you?«

Da war sie wieder, die gute Frage. »My name is Billy Shears«, erwiderte ich und bemühte mich um einen raunenden Sound in meiner Stimme, was mir mißglückte, weil ich zwei Laufburschen hereinlassen mußte, einen von Turnbull & Asser mit zwölf Hemden und einen von John Lobb mit drei Paar Maßschuhen.

Ich dachte zwei Tage lang nach. Dann zog ich meinen fauligen Pyjama aus, putzte mir zum ersten Mal seit mehr als sieben Wochen die Zähne, nahm ein Bad mit hoteleigenen Salzen und Ölen und Rosenholzextrakten, rasierte mich, legte etwas Lidschatten auf und wählte sorgsam meine Abendgarderobe aus – schicklich, aber kombiniert mit den perversen Straußenlederstiefeln –, und so ging ich am Silvesterabend auf Patrouille. Eine Tat der Nächstenliebe wollte ich vollbringen und mich dann treiben lassen.

Ev'rybody had a hard year …

Es war bitter kalt in London, und schon nach wenigen Metern fiel mir auf, daß ich vergessen hatte, mir Handschuhe, einen Schal und eine Pudelmütze zuzulegen.

Mein erstes Ziel war der Curzon House Gambling Club, wo Brian Epstein einst sein einhundert Pfund teures Dunhill-Feuerzeug gesetzt und verloren hatte. Bisweilen konnte man im Curzon House, wie ich mal gelesen hatte, den Schauspielern Michael Caine und Peter Sellers beim Zocken zusehen. Normalsterbliche mußten leider draußen bleiben, wenn sie nicht von mehreren Mitgliedern des Clubs nominiert worden waren und nach langwieriger Prüfung eine solide finanzielle Ausstattung und eine blütenweiße Weste vorzuweisen vermochten, aber bei mir machte man eine Ausnahme. »You're a first-class chap, Mister Shears«, sagte der Geschäftsführer und ließ den Beweis für diese kühne These in einer Schublade seines Schreibtischs verschwinden. »You're welcome!«

Ich setzte stur auf Number Nine und verlor ein Vermögen, bis es schnackelte und sich mein Einsatz versechsunddreißigfachte. Das war ehrlich verdientes Geld. Ich fuhr damit im Taxi in den tristen Stadtteil Lambeth, wo ich es Pat Andrews zusteckte, der Frau, die von Brian Jones mit dem gemeinsamen Söhnchen in einer ärmlichen Sozialwohnung sitzengelassen worden war.

»Who are you?« fragte sie mich und staunte das Geldbündel an. Auf ihrem linken Auge prangte ein Veilchen, und aus dem Off krähte das Kind.

»They keep calling me Billy Shears«, sagte ich, »but as a matter of fact, I'm Santa Claus. A little bit late, I'm afraid, but here we are. Merry Christmas.«

A Happy Chrimble and a gear New Year: Silvester 1966 in London, und ich wußte nicht wohin mit mir. Ich wußte nur, wohin ich auf keinen Fall wollte, nämlich ins Lyon's Corner House in der Coventry Street, das Restaurant, in dem George und Pattie Harrison, Brian Epstein und Eric Clapton einen hoben, nachdem George, weil er keine Krawatte trug, der Eintritt ins Annabel's verwehrt worden war. Ich war es nicht wert, die gleiche Luft zu atmen wie ein Beatle.

How can I go forward when I don't know which way to turn?

»Please take me to a place where it's at, if you know what I mean«, sagte ich zu meinem nächsten Taxifahrer, und er setzte mich in Camden Town im Norden Londons beim Roundhouse Theatre ab, wo ein Giant Freakout All Night Rave stattfand.

Als ich ankam, schlachteten The Move gerade rituell mit drei Äxten drei Fernsehgeräte und ein Auto ab, und dazu hoppelten drei Stripperinnen rum. Vor der Bühne standen Pete Townshend und Roger Daltrey und spendeten nach jedem schwungvollen Axthieb Beifall.

Ich wartete ab. »Excuse me«, sagte ich dann zu Pete Townshend und ließ eine meiner beliebten Warnungen los: Bei einem Konzert der Who im Winter 1979 in den USA würden elf Menschen totgetrampelt …

»You're an astrologer?« fragte Pete Townshend.

So etwas Ähnliches, sagte ich, aber meine Vorhersagen stimmten bis aufs I-Tüpfelchen: »They are correct to a T, Mister Townshend!«

»Well, go on, predict something!« rief Roger Daltrey. »We're all ears!«

Ende Juni 1996 würde ihn ausgerechnet Gary Glitter beim Soundcheck vor einem Konzert für den Wohltätigkeitsverein von Prinz Charles im Hyde Park mit dem Mikrofon verletzen, und der arme Roger Daltrey würde mit Augenklappe auftreten müssen, vor einhundertfünfzigtausend Leuten, aber sollte ich ihm das wirklich stecken? »In 1969, to cut a long story short, mankind will touch the moon«, sagte ich und seilte mich ab.

Im Bag O'Nails traf ich kurz nach Mitternacht ein. 8 Kingly Street. Die Membership Control konnte ich mit Hilfe meines Zauberportemonnaies spielend leicht passieren. Aus einem Radio dröhnten die zwölf Glockenschläge von Big Ben, als ich hereinkam, und dann brach Jubel aus, und selbst ich als Neuankömmling wurde stürmisch umarmt und von wildfremden Menschen zum Champagnertrinken genötigt. Man sang »Auld Lang Syne«, und es war schrecklich laut und zappenduster. Neil Aspinall hatte hier einmal eine Taschenlampe hervorgeholt, weil er sehen wollte, welches Gericht ihm serviert worden war.

For auld lang syne, my dear, for auld lang syne.

Deutlich sah ich aber, wie eine Frau mit hochtoupierter Dauerwelle einen Rolling Stone aufriß, und zwar Bill Wyman, aus dessen Autobiographie mir die weiteren Einzelheiten dieses One-Night-Stands bekannt waren: Von einem Versteck aus würde der Freund oder Ehemann der Frau zusehen, wie Bill Wyman sie in ihrem verspiegelten Schlafgemach bestieg.

Manchmal war es schöner, alles zu vergessen als alles zu wissen.

And in the middle of the celebrations, I break down.

Am Neujahrstag schmeckte meine Zunge wie ein Kniestrumpf, aber nachdem ich gebadet und den Frosch in der Kehle mit einem Viertelliter Veuve Cliquot hinuntergespült hatte, strömten die Lebensgeister in mich zurück.

Ob ich ausgehen sollte? Davon, daß ich mich kasteite, kam John Lennon schließlich auch nicht wieder zu sich. Ich stieß die Balkontüren auf und atmete ein.

The sun is up, the sky is blue …

Sonnig war er nicht, der Himmel, doch es war der Himmel über London, und man schrieb das Jahr 1967. Es wäre eine Sünde gewesen, hier und jetzt ein Eremitendasein zu führen. Was ich verbrochen hatte, war sowieso durch keine Buße zu sühnen. Vielleicht hatte ich ja an der frischen Luft die Möglichkeit, meinen besseren Taten hin und wieder eine weitere gute folgen zu lassen.

In der Trattoria La Terrazza in Soho überdachte ich bei einem Lammragout mit Rosmarin und Lorbeerblättern und einem Pokal Brunello di Montalcino meine nächsten Schritte, und beim Maronenpüree mit Sahne kam mir die Erleuchtung: Eine Limousine mußte her, mit Chauffeur, und dann würde ich mich in den richtigen Clubs als trinkfester und sachkundiger Bohemien etablieren, bis ich in der Szene zu einem alten Bekannten geworden wäre. Es mußte mit dem Teufel zugehen, wenn ich auf diese Weise nicht eines Nachts auch Zugang zu den Beatles fände, soweit sie nicht im Koma lagen oder in Indien meditierten. Wenn sie aus vertrauenswürdigen Quellen gehört hatten, daß ich zurechnungsfähig, sachkundig, wohlhabend, humorvoll und obendrein mit einem sicheren Blick in die Zukunft begabt sei, würde sich vielleicht ein zwangloses Gespräch ergeben und dann eins aus dem anderen, und ich könnte versuchen, die Beatles wieder auf Kurs zu bringen, denn sie mußten doch nun endlich »Sgt. Pepper« aufnehmen und durften nicht bloß herumhängen und darauf warten, daß John Lennon sich den Komaschlaf aus den Augen rieb.

Als limousinenbesitzendes Mitglied der oberen Zehntausend müßte ich auch nicht länger am Katzentisch sitzen, sondern könnte ins Allerheiligste der Trattoria vorstoßen, den Positano Room, »where admission was strictly limited to VIPs«, wie es in Ray Colemans klassischer Brian-Epstein-Biographie heißt. Der Positano Room war Major Stars wie Jean Shrimpton, Judy Garland, Sir Laurence Olivier, Sir Peter Ustinov und nicht zuletzt den Beatles und den Stones und ihrem Hofstaat vorbehalten.

Meine Warnungen würde ich aber etwas feiner dosieren müssen als bisher, wenn ich mich nicht zum Gespött machen wollte.

Mit Owen, einem robusten und schweigsamen Iren von zweiundzwanzig Jahren, der mir vom Maître d' im Guy Hussar empfohlen worden war, hatte ich einen Glücksgriff getan. In London kannte Owen sich gut aus, und er war auf den ersten Blick verliebt in die ziegelrote, fabrikneue Austin Vanden Plas Princess, die ich uns ausgesucht hatte. Ein guter Mensch mit einem schlichten Gemüt und einem fürstlichen Chauffeursgehalt.

Am 4. Januar wurde das Speakeasy in der Margaret Street eröffnet. Wie sich zeigte, durften außer Superstars auch Leute hinein, die wortlos fünftausend Pfund Eintritts- und Trinkgeld auf den bekränzten, als Rezeptionstresen dienenden Sarg legten.

Ich erkannte den Toningenieur Glyn Johns und Bill Wyman. Hingehen und beim Smalltalk ein Wort der Warnung vor dem Konzert in Altamont fallenlassen? Dafür würde später noch Zeit sein.

Ich fing mit einem Cherry Brandy an und fand mich gegen Mitternacht in der Wohnung von John Dunbar und Marianne Faithfull wieder, zwischen Bierleichen, Schlawinern und Genies.

»Here's Billy Shears, 29 Lennox Gardens«, röchelte ich in den Telefonmuschel, als ich nach der Einnahme eines Viertelliters Rotwein und dreier Pillen unbekannter Herkunft und Bauweise auf einem beknackten Sitzsack saß und ein Taxi zu bestellen versuchte. Ich konnte keinen Meter mehr gehen. Hinter meinem Rücken brachte jemand mit den Fingern Weingläser zum Klingen, und Marianne Faithfull sang dazu ein Wiegenlied. Ich liebte diese Leute, aber mir war schlecht, und ich wollte heim. Daß mein Chauffeur auf mich wartete, fiel mir erst ein, als unten schon der Taxifahrer hupte.

»See you again, Billy«, sagte Marianne Faithfull und gab mir einen Abschiedskuß mit einer großen Menge Zunge.

Während um mich herum das Leben brodelte und »Hey Joe« in den Charts rasant nach oben stieg, lag ich in meinem Himmelbett und vergrübelte Tage und Nächte über der Frage, ob und wann und wie intensiv ich mich einmischen dürfe in den Lauf der Welt. Wovor hätte ich Marianne Faithfull warnen sollen? Wenn es wahr war, was in ihrer Autobiographie stand, war sie vorsätzlich und aus freien Stücken heroinabhängig geworden und in der Gosse gelandet. Und in meinen Ohren hatte sich ihre gealterte Stimme um Klassen besser angehört als ihr Gesäusel aus den Sechzigern. Dieser Stimme hatten erst Whiskey, Smack und Weltschmerz zur vollen Prachtentfaltung verholfen.

Und was war mit den Selbstmördern wie David Jacobs, dem Rechtsanwalt der Beatles, der am 15. Dezember 1968 in seiner Garage zum Strick greifen sollte? Was war mit Richard Manuel von The Band und dessen Freitod am 6. März 1986 nach einem Gig im Cheek to Cheek Club in Winter Park, Florida? Was war mit Alan Wilson oder Kurt Cobain? Hatte ich als Doktor Allwissend das Recht, denen das Datum ihres letzten Stündleins zu nennen? Würden sie sich dann am Riemen reißen?

Und dann all die Herzinfarkte und Leberzirrhosen und Krebsgeschwüre ... die berühmten Junkies und Besoffskis wußten ja selbst, daß sie gefährlich lebten, flirting with the undertaker, und ich wollte nicht als Gesundheitsapostel durch London laufen.

Ich mußte ohne Faustregeln auskommen. Einfach lag der Fall des Drummers Bobby Elliott: Wann und wo man ihn bei einer Deutschland-Tournee der Hollies mit Blinddarmdurchbruch als Notfall ins Krankenhaus einliefern würde, war mir wohlbekannt. Was Bobby Elliott drohte, war wochenlanges Flachliegen, und den Hollies würden dreißigtausend Pfund durch die Lappen gehen.

Oder Jimi Hendrix. Das mußte doch nicht sein, daß dieser große Mann an seinem Erbrochenen erstickte. The Jimi Hendrix Experience waren nie mein Favorit gewesen, aber hier sah ich mich in der Pflicht, und ich nahm mir vor, den Gitarrengott irgendwann ins Gebet zu nehmen.

Aufs Timing würde es ankommen. Es hätte keinen Zweck, eine zugedröhnte Janis Joplin zu ermahnen, daß sie da und da und dann und dann doch bitte die Finger vom Heroin lassen solle. Für solche Warnschüsse mußten die Leute, denen ich helfen wollte, in der richtigen Verfassung sein – nüchtern, versonnen, freundlich mir zugeneigt und ein klein wenig wundergläubig.

A full-time job for Billy Shears.

Ich wollte mich schon wieder unter das gemeine Volk begeben, aber dann hörte ich am 11. Januar auf BBC 2 die Sendung »Masterworks«, in der das English Chamber Orchestra in einer Übertragung aus der Guildford Cathedral Johann Sebastian Bachs Brandenburgisches Konzert Nr. 2 in F darbot. Bei dieser Sendung hätte David Masons Pikkolotrompetenspiel Paul McCartney zu dem Trompetensolo in »Penny Lane« anregen sollen, und meine Seele verfinsterte sich. Denn ob Paul McCartney der Vorsehung gefolgt war und der Darbietung mit der gebührenden Andacht lauschte, war ungewiß. Vielleicht war er in dieser sehr zu ihrem Nachteil veränderten, förmlich auf den Kopf gestellten Vergangenheit gerade beim Staubsaugen. Oder auf Brautschau. Knocking around. Er selbst hatte es in einem Interview zugegeben: »Groupies, chicks, it was fabulous … It's du-du-du-boom and you're gone.«

Und so ging alles den Bach hinunter. Ich blieb zwei Tage lang im Bett.

Auf die Piste begab ich mich erst am Freitag wieder, dem dreizehnten. Kein gutes Datum, doch ich hatte einen Termin im Bag O'Nails. Zu hören gab es dort The Jimi Hendrix Experience und zu essen Fritten, ein zadderiges Steak und ein Häuflein Erbsen in den Geschmacksnoten Matsche, Dosenblech und Elend.

Jimi Hendrix, mit Cowboyhut und Military-Weste, wurde seinem anschwellenden Ruf als Hexenmeister auf der Gitarre vollauf gerecht, während ich mich im Hintergrund hielt und die Erbsen verdaute. Zweimal mußte ich das rechte Bein anheben und einen Furz ins Bag O'Nails entlassen. Es ging mir durch den Sinn, daß ich auch mit solchen Aktionen die Vergangenheit verformte. Meine Darmwinde waren chemikalisch und historisch nicht eingeplant für das Jahr 1967, doch ich sagte mir, daß mein privater Beitrag zur Jahresbilanz des in Großbritannien abgesonderten Furzvolumens nur eine untergeordnete Rolle spiele und weit hinter dem Komma anzusiedeln sei. Es gab zwar den bekannten Schmetterlingseffekt, aber ich bezweifelte, daß mein verschämtes Beinheben dazu angetan war, irgendwo in der Südsee einen Taifun auszulösen.

Im Publikum tummelten sich Paul McCartney, Ringo Starr, Brian Epstein, Bill Wyman, mein Freund Pete Townshend und John Entwistle von The Who, Allan Clark und Bobby Elliot sowie Denny Laine und Lulu.

Ich arbeitete mich an Bobby Elliott heran und hatte ihn schon fast am Wickel, als Pete Townshend dazwischenging. »Here's that fortune-telling geek again!« rief er, und dann wurde ich von Besoffenen bestürmt und nach den Ergebnissen künftiger Lottoziehungen und Fußballspiele gefragt, bis der Barmann »Last orders, please!« brüllte.

Ein Freund von ihm würde mich gerne kennenlernen, sagte Owen hinterher. Ob er mir den mal vorstellen dürfe? Patrick Barry. Ein abstrakter Maler sei der, aus Dublin.

Um Gottes willen.

»Yeah, why not«, sagte ich, im Dschumm, ohne zu ahnen, was ich mir damit aufhalste, und das dicke Ende kam nach.

Als ich zwei Tage später in der Royal Albert Hall Donovans einschläfernden Schäferliedern zuhörte, saß links neben mir eine bebrillte Gazelle, die unter ihrem Blazer ein rosarotes T-Shirt mit der Aufschrift »God loves you« trug und sehr redselig war. Dem Geruch nach hatte sie vor nicht allzu langer Zeit ein Vollbad in Patchouli genommen.

Donovan sei eine Pfeife, wisperte sie mir zu. Den hätten sich die Plattenbosse ausgedacht, als Antwort des Vereinigten Königreichs auf Bob Dylan. Aber Dylan sei ein Radikaler und Donovan nur ein Schoßhündchen der Upper Ten.

Wenn sie von hinten stillgezischt wurde, hielt sie das nicht lange ab von neuen giftigen Kommentaren: Das Establishment erwarte, daß wir auf seine plumpen Tricks hereinfielen. Es habe kein Recht, unser Bewußtsein zu manipulieren oder uns zu verbieten, was wir mit unseren Körpern anstellten. Der ihre sei ein Tempel, der weder der Regierung noch der Königin von England, noch den Kapitalisten gehöre.

Was ja auch niemand in Abrede gestellt hatte. Also was sollte das? Wollte sie mich anmachen?

»What's your name?« fragte ich sie, hinübergelehnt und im Flüsterton, weil Donovan gerade eine seiner leisesten Balladen abprobte. Und so war es mir auch möglich, meine linke Stirnrundung einmal auf unverfängliche Weise mit der Aura des Patchoulivulkans in Berührung zu bringen.

»Gayleen«, sagte sie, und ich lud Gayleen zu mir ein, obwohl mir unentwegt Friedrich Karl Waechters berühmter

Cartoon im Kopf herumging, von dem Liebhaber, der einer Vagina zuraunt, wie gut sie miteinander auskommen könnten, wenn es die da oben nicht gäbe, und von oben schielt die Eigentümerin des angelaberten Organs miesepetrig runter.

In meiner Suite warf Gayleen sich auf mein Himmelbett, streifte die Schuhe ab und hielt mir einen Vortrag über Yoni und Lingam in der indischen Mythologie und daß man seinen innersten, natürlichen Impulsen folgen müsse. Ihr Vater zum Beispiel, seines Zeichens Member of the Horsham Ploughing and Agricultural Society, leide an Persönlichkeitszerfall und habe seit jeher seine Gefühle viel zu stark kontrolliert. Sie selbst sei da ehrlicher. Nicht ausstehen könne sie die Monkees, Staubflusen im Bauchnabel und das Drehrestaurant im Post Office Tower. Dafür liebe sie Mailand, Nackenmassagen, Silberbirkenwein, das Baker Street Classic Cinema, das Delikatessengeschäft Martyn's of Muswell Hill für sein Fasanen-Consommé, Monte Carlo, Chihuahuas, Maiglöckchen, die Schinken- und Käsehandlung Paxton & Whitfield in der Jermyn Street, das Ballett der Covent Garden Opera, den Hammelrücken in Minzsoße im Simpson's-in-the-Strand, einen Hairstylisten namens Teasie-Weasie, die nur an drei Spätsommertagen blühende Riesenwasserlilie Victoria regia im Glashaus Nummer 10 des Botanischen Gartens in Kew und den Club 55 am Strand von Pampellone.

Ich legte mich dazu und hörte mir das alles geduldig an. Erst als Gayleen auch in den intimsten Sekunden unserer Zweisamkeit die psychische Verfassung und die Gürtelrose ihrer Mummy sowie Schiwa und Wischnu und Max Bruchs Violinkonzert Nr. 1 in g-Moll zur Sprache brachte, erlahmte mein Elan.

»Billy?« Gayleen legte mir eine Hand auf den Rücken. »You're okay?«

Es war eine sehr warme Hand. Ich knurrte aber nur und hörte, wie Gayleen sich auf der anderen Himmelbettseite anzog und hinausging, grußlos, in ein Leben ohne Billy Shears. The sexiest woman to ever walk the planet.

Die wirst du nicht wiedersehen, sagte ich mir, als ich auf der Bettkante saß und mir eine Zigarette ansteckte. Sonderlich sympathisch war ich mir nicht dabei. No, Sir. Und dann fiel mir auch noch heiße Asche auf die Eichel.

Well, okay, I thought – back to the bottle.

Am 16. Januar erschien eine Sonderausgabe der *International Times* mit einem ausführlichen Bulletin über John Lennon: Seine Frau Cynthia weile oftmals stundenlang im Hospital, halte die kalte linke Hand ihres Mannes und rede zärtlich auf ihn ein. Da die üblichen Heilverfahren nicht von Erfolg gekrönt waren, habe Cynthia, gegen den Widerstand der behandelnden Ärzte, die Dienste eines pakistanischen Quacksalbers in Anspruch genommen, Ali Sargodha geheißen, der das Einzelzimmer eine Nacht lang in ein Tollhaus verwandelt habe. Unter disharmonischen, von benachbarten Patienten vielfach beanstandeten Gesängen seien vier oder fünf Hühner geopfert worden, bis eine Schwester die blutige Zeremonie beendet habe. Ergebnis natürlich gleich null. Fruchtlos vonstatten gegangen sei auch der Versuch, John Lennon mit Musik wachzurütteln: Beatles, Elvis, Dylan, Stones, alles für die Katz, ebenso wie Händel, Beethoven, Mozart, Bach und gregorianischer Chorgesang. Kein Wimpernzucken. Nicht bei Schubertliedern, nicht bei Chopins Nocturne Nr. 6 in g-Moll und nicht bei vehementer Marschmusik. Nicht einmal bei der Explosion von Knallfröschen habe der Patient eine Reaktion erkennen lassen. Körperlich sei er jedoch in guter Verfassung: Herz, Leber, Lunge, Magen, Milz, Puls, Blut, alles im grünen Bereich. Er müsse nur zu sich kommen, dann könne er aufstehen und sein Leben dort fortsetzen, wo es im November letzten Jahres durch die Bombendrohung eines kriminellen Geistesgestörten unterbrochen worden sei.

Abends brachte ITV ein Interview mit Cynthia Lennon. Sie werde die Hoffnung nicht aufgeben, sagte sie, weder die Hoffnung, daß John aus dem Koma erwache, noch die Hoffnung, daß der Irrsinnige, der an allem schuld sei, verhaftet und seiner gerechten Strafe zugeführt werde. Cynthia rollten die Tränen herunter, und ich zog mir die Bettdecke über den Kopf.

Ein warmes Bad. Ein Obstmesser. Ein kleiner Schnitt, und die ganze Misere liegt hinter dir, sagte ich mir, als ich im Aprikosenschaumbad lag, das Messer in der Hand.

Feel so suicidal just like Dylan's Mr. Jones …

Sei kein Feigling. Get the damned thing over and done with. Kick the bucket. Dash it all and slam the door. Fair's fair. Befreie die Welt von einem Verrückten, bevor er noch verrücktere Dinger dreht.

Her Majesty's Coroner's Court. Name of deceased: Friedrich-Wilhelm Schiers. Injury or disease causing death: Slashing of the wrist. Time, place and circumstances at or in which the injury was sustained: At 10 a. m. on Tuesday 17th January 1967 at Room No. 100, Hotel Ritz, 150 Piccadilly, St. James's, SW 1, was found dead in the bath. Conclusion of the coroner as to the death: Suicide.

Meinen Leichnam würde der Room Service diskret entfernen. Irgendwer von Scotland Yard würde Fragen stellen, ein kurzes Rätselraten um die Herkunft des begüterten Selbstmörders würde anheben, aber nirgendwohin führen, und dann wäre es so, als hätte ich nie gelebt. Alle anderen würden weitermachen. Die Stones, die Simpsons, die Ducks … nur die Beatles nicht. Weil Billy Shears ihnen die Tour vermasselt hatte. Und jetzt erwies er sich auch noch als Angsthase, der sich an sein verpfuschtes Leben klammerte.

Ich seufzte, warf das Messer über Bord, hielt mir die Nase zu und ging auf Tauchstation.

Beim Morgentee mit einem Schuß Rum – beim Morgenrum mit einem Schuß Tee – saß ich nackt im Kaminsessel, ein Stück Scheiße mit Aprikosenaroma, und überflog die *Daily Mail*, bis ich die Nachricht fand, die ich gesucht hatte: Laut einer amtlichen Untersuchung wies eine Straße in Blackburn, Lancashire, viertausend Löcher auf. Das waren sechsundzwanzig Löcher pro Einwohner, und sie hätten John Lennon zu einer seiner besten Songzeilen verhelfen sollen. Ich schnitt den Artikel aus, unterstrich die fraglichen Zeilen und sandte einen Kurier damit zur Klinik, mit den besten Empfehlungen.

Hier ein kurzer Auszug aus den Memoiren von Billy Shears (»Scenes from the Life of the Nitwit Who Destroyed The Beatles on the Eve of Sergeant Pepper«): »Well, in early 1967, in my salad days, so to speak, I was a rich young peacock, feckless, pill-drunk, grief-stricken, heart-broken and ashamed of myself but all the while stylish, gayish, nightclubbing around, celebrity-spotting, bed-hopping, boozing like a fish, smoking pot, riding in limos, looking after birds, mixing with the wealthy and the famous, hobnobbing with the lardy-dardy-toffs and spending lotza lolly, going off the rails, acting tough and living off my nerves in a big-time world, still being in search for further entertainment, doin' ninety miles an hour down a dead end street and spending every dime for a wonderful time. Quite often it was early dawn when I stumbled home. I started out on burgundy but soon hit the harder stuff …«

Um die Beatles neidisch und mich für sie interessant zu machen, kaufte ich einem schnauzbärtigen Ägypter einen Ferrari 250 GT Short Wheelbase Berlinetta 2649 ab, Baujahr 1961, den ich nach einer Walpurgisnacht irgendwo in Soho abstellte und nie mehr wiederfand. Dann schickte ich Owen los, andere Autos zu kaufen und sie auf seinen eigenen Namen zuzulassen, neue oder gebrauchte, und so kam ich zu einem Aston Martin DB6, einem Ford Zephyr, einem Mustang, einem Chevrolet Impala, einem Cadillac, einem Porsche 911, einem sechstürigen Mercedes 600, einem Thunderbird, einem Lancia Flavia, einem Lincoln Continental und einem Jaguar XK 150, womit ich mich als Angehöriger des exklusiven Jag Sets zu erkennen gab.

Geparkt hatte Owen meine Autoflotte bei Marble Arch, in der größten Tiefgarage der Welt. Bei der Einkaufstour sei er mehr Galgenvögeln begegnet als in seiner Zeit als Fritierfettwechsler in Hoxton, sagte er, und ich gewährte ihm, denn ich hatte es ja, dreihundert Pfund Schmutzzulage.

In der Varietéshow »Sunday Night at the London Palladium« auf ITV – the central height of British showbusiness – sangen die Stones am 22. Januar 1967 »Let's Spend the Night Together« und »Ruby Tuesday«, weigerten sich aber, zusammen mit den anderen Künstlern und den Showgirls auf die Drehbühne zu klettern und dem Publikum zuzuwinken. Nach der Sendung zogen Bill Wyman und Mick Jagger ins Bag O'Nails um, wo ich einen halbherzigen Versuch unternahm, die beiden vor der Drogenpolizei zu warnen, aber gegen das Thema des Tages, den albernen Drehbühnenskandal, kam ich nicht an. Versuchen Sie doch mal, das Ohr eines schlechtgelaunten, von Kumpel und Konkubinen umzingelten und von Scotch und Adrenalin stimulierten Popstars zu gewinnen, der alle Höllenstrafen auf die Programmdirektoren von ITV herabbeschwört, während Sie Marianne Faithfull huckepack tragen.

Sie war einfach auf mich draufgesprungen. »Yippee, Billy!« hatte sie geschrien. »Take me to Babylon! And do it fast! Let's paint the whole town red! Right now!«

Fast hätte ich das Gleichgewicht verloren.

Die Erneuerung meiner Bekanntschaft mit der Queen of Swinging London war das einzige greifbare Ergebnis dieser Butterfahrt in die Nachtwelt. Marianne Faithfull war in keiner passenden Verfassung für meine Schlechtwetterprognosen. »I'm a walking accident, Billy!« rief sie. »You know that!« Dann sprang sie wieder ab und flatterte weiter. Mit der Treue zu Mick Jagger schien sie es nicht übermäßig genau zu nehmen. So verrückt war sie nun auch wieder nicht.

Würde ich jemals jemanden aus diesen Kreisen auf dem richtigen Fuß erwischen?

»Riechen Sie mal«, sagte ein Mann zu mir, auf deutsch, und hielt mir seine Faust unter die Nase. »Riecht nach Intensivstation, finden Sie nicht?«

Ein hagerer, nickelbebrillter, nicht mehr ganz nüchterner Endvierziger, in Jeans … was wollte der von mir? Intensivstation? Was sollte das?

»Ich weiß alles«, sagte er, steckte seine Faust wieder weg und grinste. »Alles über Sie und Ihren Freund John Lennon … und über Ihren netten kleinen Plausch mit der BBC am neunten November …«

Es brachte mir nichts ein, den Begriffsstutzigen zu spielen. Der Mann hatte am 3. Mai 2005 im Irish Rover am Großneumarkt gesessen, wie er mir gutgelaunt erzählte, und mein Gespräch mit Aurelia vom Nebentisch aus mit angehört. Nachdem ich mich in Luft aufgelöst und die Zeche geprellt hätte, habe er als Kavalier alter Schule sowohl meinen als auch Aurelias Deckel übernommen und dafür selbst drei Wünsche frei bekommen – erstens, mir in die Vergangenheit nachreisen zu dürfen; zweitens so ein Portemonnaie wie meins zu kriegen und drittens eine Wahrsagekugel, die es einem erlaube, jederzeit jede gewünschte Person zu observieren. Es sei immer sein Traum gewesen, die Sixties als Erwachsener zu erleben, wenn er auch bekennen müsse, daß er, als alter Fan der Stones, die kreuzbraven Beatles schon in Kindertagen zutiefst verabscheut habe: »Mein Kompliment, dear Mister Shears, für die Kriegslist, mit der Sie den Oberpilzkopf aus dem Verkehr gezogen haben. Wenn ich jetzt noch sehe, daß Sie die Stones in Ruhe lassen, könnte das für uns beide der Beginn einer wunderbaren Freundschaft sein. Wollen wir uns duzen? Ich bin der Willibald.«

Und als ob das nicht schon schlimm genug gewesen wäre, machte Owen mich zwei Stunden später bei einem Absacker in einer Bar in Hammersmith mit seinem vierschrötigen Freund Patrick bekannt, aber wenn der ein abstrakter Maler war, dann war ich Lovely Rita. Knotennasig, bullig, fett und böse war der Kerl. Ob es mir in London gefalle, wollte er wissen. Ja, sehr, erwiderte ich, und da kläffte er mich an: »If yeh dahn't like it why the bleedin' 'ell are yer over 'ere?«

Weshalb er denn selbst hier sei, fragte ich zurück.

»Revenge, me love«, fauchte der Unhold mich an. »Revenge for seven hundred years of English occupation, in the name-a God!«

Und da kapierte ich erst, was los war. Dieser Patrick hatte irgendwas mit der IRA zu tun und von Owen erzählt gekriegt, daß ich ein blöder, reicher Sack sei, und jetzt wollte er Geld von mir haben für seinen komischen Untergrundkampf, aber da hatte er sich verrechnet. Ich stand auf und wurde am Unterarm festgehalten: So gehe das ja nicht, sich hier zu verabreden und dann die Mücke zu machen! Wir sollten jetzt erst einmal austrinken und unseren kleinsten gemeinsamen Nenner bestimmen, seierte dieser Australopithecus, und da riß ich mich los und rannte einfach weg.

Was konnte denn ich dafür, daß die Iren nicht mit den Engländern klarkamen? Sollten die sich doch gegenseitig die Hölle heiß machen, aber bitte ohne mich.

Spätabends rief Owen an und teilte mir mit, daß der Mercedes gestohlen worden sei. Aha. Und nun? Der sei doch hoffentlich versichert gewesen?

»Nope«, sagte Owen.

Was denn mit den anderen Wagen sei, wollte ich wissen. Ob denn wenigstens die versichert seien?

»Nope«, sagte Owen, aber das werde er nachholen, wenn ich ihm die nötigen Barmittel ausgehändigt hätte.

Mir gefiel das nicht, aber ich war schon dankbar dafür, daß er kein Wort über den Zwischenfall in Hammersmith verlor und auch kein neues Techtelmechtel mit dem Pinselschwinger Patrick Barry einzustielen versuchte. Ich trug Owen auf, sich das Geld für die Versicherungen und für einen unscheinbaren Mittelklassewagen bei mir abzuholen, die Karre in der Nähe von 24 Chapel Street in Belgravia zu parken und die Schlüssel bei mir abzuliefern.

In der vertrauten, nicht von mir ruinierten Vergangenheit sollten sich Brian Epstein, Paul McCartney und der Dramatiker Joe Orton am 24. Januar 1967 dort in Epsteins Haus über den nächsten Beatles-Film unterhalten. Ich glaubte kaum, daß sie das taten, als ich wartend in dem Wagen saß, den Owen besorgt hatte. Wer würde schon einen Beatles-Film vorbereiten, solange John Lennon im Koma lag?

In der Einfahrt stand Epsteins weißer Mini. Im Haus brannte Licht.

Joe Orton blühte die Ermordung durch seinen Geliebten Kenneth Halliwell. Davor wollte ich Joe Orton warnen, auch wenn ich nur schwach darauf hoffen konnte, daß er sich blikken ließ. Ich hätte ihm auch ein Telegramm schicken oder ihm anderswo persönlich auflauern können, aber ich sah es als Bußübung an, für einen guten Zweck die halbe Nacht, wenn's sein mußte, vor Brian Epsteins Anwesen auszuharren, mit Schmetterlingen im Bauch, oder besser gesagt, mit Ringelnattern in der Magengrube.

Um zwei Uhr morgens fuhr ein Taxi vor. Kurz darauf hangelte sich eine Person aus Brian Epsteins Haus heraus in die nebeldampfende Nacht.

Ich stieg aus. »Mister Orton?«

»Yessir?« Glasig war überhaupt kein Ausdruck für das Augenpaar, das sich abmühte, mich zu fokussieren.

»Excuse me … are you Mister Orton?«

»That's me name.«

Ich holte tief Luft und erklärte ihm, daß er sich vor Kenneth Halliwell hüten solle; der werde ihn sonst am 9. August mit einem Hammer erschlagen und anschließend Selbstmord begehen.

Er kniff ein Auge zu und glotzte mich durch das andere an. Ich mußte ihm wie ein Gespenst erscheinen. An Joe Ortons Stelle hätte ich den Knoblauch rausgeholt und das Vaterunser rezitiert, doch dieser Mann nahm meine Worte gelassen auf. »And who … who're you? Didn't get yer name.«

»Billy Shears. Nice to meet you.«

»Sure … annit Kennell be … and it'll be Kennell … Kenneth Halliwell?«

»You got me.«

Jetzt kniff er auch das andere Auge zu und schwankte im Stehen. »Well, thanks for the advice, Mister Shears«, sagte er zum Abschied.

Am 25. Januar wartete ich spätabends im Bag O'Nails auf Paul McCartney, Neil Aspinall, Bill Wyman und seine Freundin Astrid Lundström, um deren historischen Flirt mit Paul zu beobachten und ihm vielleicht, wenn er in gehobener Stimmung war, die Melodie von »Penny Lane« ins Ohr zu summen. Aber würden sie kommen? Und würde Astrid dann so auffällig mit Paul anbändeln, wie es die Chronisten überliefert hatten? Das war das Vertrackte an der Vergangenheit, in der ich lebte, daß ich sie gründlich verändert hatte und niemals wußte, ob sie so wie in den Büchern verlief oder nur so ähnlich oder ganz anders.

In der guten alten Zeit hätte »Penny Lane« von neun bis zehn Uhr abends abgemischt werden sollen. Jetzt war es Mitternacht. Von Bill, Astrid, Paul und Neil keine Spur.

»How you're doing?« fragte mich eine Frau, nahm mir meinen Scotch weg und stürzte ihn runter. Marianne Faithfull. Der Engel mit den großen Titten und den kornblumenblauen Augen. Marianne Faithfull war so schön, daß es weh tat. Erst recht, wenn man wußte, wie sie ihren blühenden Teint zugrunde richten sollte in den kommenden Jahren.

»Tell me, Billy. How're things?«

Ich war kurz davor, ihr alles zu gestehen. Wie ich die Fee kennengelernt, John Lennon zu einem Daueraufenthalt auf der Intensivstation verholfen und mich seither der Mission verschrieben hatte, den Aristokraten des Pop mit meinen unverlangten Weissagungen auf den Zeiger zu gehen. Das hätte eine lange Beichte werden können, aber als ich nach einigem Herumdrucksen auspacken wollte, platzte Willibald dazwischen, der wahrsagekugelbesitzende Stones-Fan: Er habe irgendwie geahnt, daß er mich auch heute hier antreffen werde, und wenn er mich dieser reizenden jungen Dame für ein paar Augenblicke entführen dürfe, würde er gerne etwas mit mir besprechen.

Well, so long, Marianne …

»Ich hab dich nicht verprellen wollen neulich«, behauptete er, als wir unter uns waren. Er habe nur ein bißchen was über den Durst getrunken gehabt. Jedenfalls vertrete er den Standpunkt, daß wir Zeitreisenden zusammenhalten sollten. Wir müßten keine Gewerkschaft gründen, das nicht, nein; aber wir sollten bedenken, daß wir aufeinander angewiesen seien: »Wir sind alle beide Trickbetrüger, die vom Spielgeld einer Märchenfee leben, und der eine kann den anderen jederzeit auffliegen lassen, aber dann geht er selbst mit hoch, und deshalb schlage ich vor, daß wir einen Burgfriedensvertrag schließen: Wir begraben das Kriegsbeil, vergessen alles Vergangene und lassen uns gegenseitig in Frieden – ich dich im Ritz und du mich im Claridge's. Top?«

Also im Claridge's beliebte der Gauner zu wohnen. Das war noch eine Nuance nobler als das Ritz.

»Top«, sagte ich, und noch während wir unseren Waffenstillstandspakt per Handschlag besiegelten, nahm ich mir vor, diesem Willi eines schönen Tages seine Wahrsagekugel zu klauen.

Mittags brachte Geoffrey mir eine Tasse Tee und ein Schälchen mit Buttercookies ans Bett und hielt mir den Telefonhörer hin: Letzte Nacht seien auch der Aston Martin und der Ford gestohlen worden, sagte Owen, und ob ich mich nicht doch noch einmal mit seinem Freund Patrick treffen und aussprechen wolle. Der habe gute Verbindungen nach überallhin und könne ein Machtwort sprechen, das der Diebstahlsserie ein Ende setzen werde.

Donnerschlag. Die wollten mich erpressen! Klauten mir ein Auto nach dem anderen, und mir waren die Hände gebunden, weil mir die Autos offiziell gar nicht gehörten …

Dieser Patrick, sagte ich zu Owen, sei ja ein netter Mensch, aber nette Menschen seien mir unerträglich. Auf ein Wiedersehen würde ich gerne verzichten.

Da herrschte am anderen Ende der Telefonleitung Schweigen im Walde.

Baby I Need Your Loving«, »I Can't Help Myself« und »It's the Same Old Song« waren die größten Hits der Four Tops bei ihrem Auftritt in der Royal Albert Hall. Four Tops – Four Flops. Auf meinem Platz in der ersten Reihe hoffte ich, daß

Paul McCartney und George Harrison in ihrer Loge noch heftiger als ich unter der bescheidenen Qualität der Songs litten. Die Welt wartete auf »Penny Lane«, »A Day in the Life«, »She's Leaving Home«, »Within You Without You« und »With a Little Help from My Friends«. Registrierten die das da oben?

Nach dem Konzert erhaschte ich auf der VIP-Toilette über die Tür hinweg einen Gesprächsfetzen. Die Stimmen waren mir vertraut.

Paul: »Cynthia is here. She's drinking champagne.«

George: »What about John?«

Paul: »Good news. He's moving his toes. He'll be back, that's for sure. Jane's father keeps examining him night and day.«

John Lennon bewegte seine Zehen und erholte sich, und man hatte den Vater von Paul McCartneys Freundin Jane hinzugezogen, Dr. Richard Asher, einen Spezialisten für Nervenleiden: Das waren gute Nachrichten, die mich so übermütig stimmten, daß ich noch in derselben Nacht im Shamrock Club in Bloomsbury mit einem rotnasigen Schotten namens Angus darum wettete, ob sie uns noch ins Le Chat Noir in Mayfair hineinließen oder nicht. Ich setzte zweihundert Pfund darauf, daß sie es taten, und nachdem ich weitere zweihundert Pfund als Pfand lockergemacht hatte, taten sie's.

Beim Roulette verlor ich dort in zwei Stunden viertausend Pfund und stieg aus, bevor ich mit meinem Leichtsinn die Währungsstabilität des Inselreichs ins Wanken bringen konnte. Vom Personal wurde ich, trotz meiner Schlagseite, mit erlesener Ehrerbietung behandelt, so als sei ich Graf Koks oder ein Mafioso. Was ich, Gott sei's geklagt, ja auch war. Alles beides.

The Jimi Hendrix Experience beim Carnival of Light im Roundhouse Theatre ließ ich mir nicht entgehen. Verdient hatte ich das nicht, aber noch weniger hatte es Jimi Hendrix verdient, daß ihm nach dem Konzert seine Stratocaster gestohlen wurde, und da ich der einzige Erdenbürger war, der genug über das Delikt wußte, um dem Täter zur richtigen Zeit am richtigen Ort ein Beinchen stellen zu können, ließ ich mich von Owen nach Camden Town chauffieren.

Eric Clapton hatte ich im Publikum nach zehn Sekunden ausgespäht. Er trug ein gritzegrünes Oberhemd und eine hautenge rosakarierte Hose.

»Well, I'm just a soul whose intentions are good«, sagte ich, als Pause war. Mein Name sei Billy Shears, und ich hätte ihm etwas Wichtiges mitzuteilen, sein weiteres Leben betreffend. In allerbester Laune folgte Eric Clapton mir zur Bar, wo ich nur kurz mit einer Einhundertpfundnote wedeln mußte, bis wir bedient wurden. Ein doppelter Scotch für mich, ein dreifacher für Eric Clapton.

Wo sollte ich anfangen? Ob er es mir glaube oder nicht – 1981, nach einem Konzert im Dano County Expo Centre in Madison, Wisconsin, werde er zusammenbrechen, und der Notarzt werde fünf Magengeschwüre vorfinden, darunter eines in der Größe einer Apfelsine.

»Good Heavens!« sagte Clapton. »Give me more.« Er nahm einen Mundvoll Scotch und befeuchtete sich die Backentaschen. Seine gute Laune hatte noch nicht gelitten.

Nach vier Wochen werde er aus der Klinik entlassen, aber schon vier Tage später in einen Verkehrsunfall verwickelt, fuhr ich fort. Dabei werde er sich ein paar Knochen brechen und sich eine Rippenfellentzündung zuziehen und mehrere Wochen im Krankenhaus verbringen.

Clapton nickte. »You're ready?«

Offenbar hielt er mich für einen Quatschkopf, sonst hätte er nicht so lässig an seinem Scotch genippt. Sollte ich aufhören?

»Go on«, sagte Sir Eric. Er sei bereit für die Wahrheit.

Also gut. Während seiner Kur werde ein Clapton-Doppelgänger in ganz Amerika Geld verpulvern, auf Sir Erics Kosten.

»And that's all? Don't you have some more spicy gossip to pass on?«

Wenn dies die einzige Audienz war, die mir der launische Gitarrengott gewährte, hatte ich keine Wahl. Ich mußte auspacken. Oh Lord, dachte ich, please don't let me be misunderstood ...

Er müsse jetzt ganz stark sein: Im August 1990 werde Stevie Ray Vaughan mit ihm und einigen anderen Musikern im Alpine Valley Music Theater auftreten und nachts einen Helikopter besteigen, der nach zwei Kilometern an einem Berg zerschellen werde. Dabei würden Stevie Ray Vaughan, der Pilot, Claptons Manager Bobby Brooke, Claptons Leibwächter Nigel Browne und der Tourmanager Colin Smythe sterben.

Eric Clapton trank aus, stellte sein Glas ab und stand auf, und dann haute er mir, without skipping a beat, aufs Nasenbein. Und dabei hatte ich dem Mann noch gar nichts vom Unfalltod seines Sohns im März 1991 erzählt.

Mir sickerte Blut in den Mund, und es beugte sich jemand über mich. Diesen Gesichtserker kannte ich doch?

»Howdy, Billy«, sagte Pete Townshend. »Breaking the news again? Never too tired to see old friends, eh? Trust me, you can't win them all ...«

Im WC-Spiegel sah ich mir meine Nase an, die nicht mehr ganz die alte war. Sie sah irgendwie schief aus und fühlte sich von innen leicht verschoben an. Aber was war das überhaupt für ein Hellseher, der sich selbst nicht vorhersagen konnte, wann er eins auf den Globus kriegte?

Wo war ich?

Im Roundhouse. The Carnival of Light Raves. Organisiert von Douglas Binder, Dudley Edwards und Dave Vaughan. Lightshows. Kunscht. Inschtallationen. Und es würde jemand Jimi Hendrix die Gitarre stehlen.

Ich rannte los. Keine Sekunde zu früh – auf dem Haverstock Hill stellte ich dem Dieb ein Bein und brachte Jimi Hendrix seine Stratocaster zurück.

»You're a soulbrother, man«, sagte er, ohne seinen Blick von der geretteten Gitarre zu wenden, die er streichelte und küßte. »What's yer name?«

Es wurde spät. Aus der Autobiographie der Ex von Jimi Hendrix, Kathy Etchingham, wußte ich von einem Einbruch in seine jetzt noch nicht bezogene Wohnung in 23 Brook Street und riet ihm zu soliden Sicherheitsschlössern. Noel Redding empfahl ich, seiner späteren Ehefrau – ich meinte Carol Appleby, auch wenn ich keinen Namen nannte – im Juni 1990 strikt das Autofahren zu verbieten, sei es in Cork oder anderswo. Und ich warnte Jimi Hendrix eindringlich vor dem Teufel Alkohol und den Schlaftabletten der Marke Vesparax und fügte den Ratschlag hinzu, für den 18. September 1970 vorsorglich einen Notarzt ins Cumberland Hotel zu bestellen, Zimmer 507–508.

Jimi Hendrix nahm das alles auf die leichte Schulter. Doch zu seinen Roadies sagte er, auf Billy Shears weisend: »Dig, man, this guy's the real deal. Saved my guitar. Ain't no crook! Listen to what the man says … no lips, no hips, but he's my guru … keeps foretelling me the future, and he's got it straight from the horse's mouth, man. Dig it!«

Im Drogenkrieg formierten sich die Fronten. Am 29. Januar hatte das Schundblatt *News of the World* damit angefangen, über das süße Leben der Popstars zu nörgeln: »Facts that will shock you«, hieß es da, und es wurde vom Leder gezogen gegen Donovan und den Discjockey David Jacobs von der BBC, weil der den angeblich bei einem Drogentrip aufgenommenen Song »Can't Happen Here« von Mothers of Invention abgedudelt hatte.

Billy Shears hatte andere Sorgen. Am 31. Januar hätten die Beatles unter der Regie von Peter Goldmann im Knole Park Estate bei Sevenoaks in Kent die Promotionclips für die Single »Strawberry Fields Forever«/»Penny Lane« aufnehmen sollen, und in einer Drehpause hätte John Lennon in ein Antiquitätengeschäft spazieren und dort das 124 Jahre alte Zirkusplakat der Vergessenheit entreißen müssen, das die Vorlage für »Being for the Benefit of Mr Kite« bildete. Doch ohne Songs kein Dreh in Kent, ohne Dreh kein Zufallsfund beim Antiquitätenhändler und ohne Fund kein neuer Song.

Owen brachte mich nach Kent. Ich kaufte das Plakat und schickte es John Lennon zu, ins Krankenhaus, mit schönen Grüßen von Billy Shears. Keiner sollte mir vorwerfen können, daß ich nicht alles versucht hätte, um den Fluß der Dinge in sein altes Bett zurückzulenken oder ihn, nach gewissenhafter Einzelfallprüfung, daraus zu befreien: An Buddy Hollys achtem Todestag setzte ich telefonisch die Polizei in Marsch auf 304 Holloway Road, London N7, lange bevor der wahnsinnig gewordene Plattenproduzent Joe Meek dort Mrs. Violet Shenton und gleich nach ihr sich selbst erschießen konnte. It was all in a day's work for Yesterday Repair Man.

Angerufen hatte ich die Polizei aus einer Telefonzelle in Soho, und da klebte doch tatsächlich noch einer der Zettel, die Peter Meaden vor Jahren als Rache an seinem Feind Andrew Loog Oldham, dem Manager der Rolling Stones, tausendfach in ganz London ausgestreut hatte: »Ring Madame Loogy – Regular Sex and Otherwise«, und untendrunter stand Andrew Loog Oldhams Privatnummer.

Diese Telefonzelle sollte in einem historischen Museum stehen, dachte ich, und fast gleichzeitig ging mir auf, daß sie bereits in einem stand, denn ein historisches Museum war die ganze weite Welt, mit Billy Shears und Willibald als einzigen Besuchern.

Sieben Ärzte, samt und sonders Koryphäen ihrer Zunft, visezierten im Ritz meine Nase, aber keiner dieser Fellows of the Royal College of Surgeons wollte mir versprechen, daß er imstande sei, die gottgewollte Symmetrie und Ebenmäßigkeit des alten Zinkens wiederherzustellen.

Dann eben nicht, seufzte ein angeschickerter Billy Shears, als er sich am 5. Februar die »Eamonn Andrews Show« im Fernsehen ansah, mit den Stones, die »She Smiled Sweetly« spielten. Mick Jagger erklärte, daß er die Redaktion von *News of the World* verklagen werde. Das Käseblatt hatte neue Gerüchte über Popstars in die Welt gesetzt: Sie würden alle kiffen und Benzedrintabletten fressen, und Mick Jagger sei im Haus der Moody Blues in Roehampton auf einen LSD-Trip gegangen.

Ich schaltete gelangweilt um zu »Sunday Night at the London Palladium«, wo die Stones als lebensgroße Pappfiguren auf der Drehbühne standen.

Das Telefon klingelte. »Excuse my bothering you«, sagte Tara Browne. Ihm sei zu Ohren gekommen, daß ich ein vermögender und herzensguter Gentleman sei, der sein Leben zwei bedeutenden Aufgaben geweiht habe – dem Verprassen hoher Geldsummen beim Roulette und dem Kampf gegen abgefeimte Gitarrendiebe. Da er selbst, Tara Browne, sich in ganz ähnlichen Sportarten übe, habe er Recherchen angestellt und meinen Wohnsitz ermittelt, und nun stelle er sich die Frage, ob ich, ebenso wie er, in diesem Moment sowohl einen nagenden Durst als auch einen gesunden Appetit auf leichte Konversation mit einem Gleichgesinnten verspürte. Der Durst lasse sich bei einem Drink im Sibylla's löschen, wobei zugleich, wie es der Zufall wolle, der erwähnte Appetit gestillt werden könne.

Eine halbe Stunde später sauste ich als Passagier in Tara Brownes Lotus Elan die kurze Strecke vom Ritz über den Piccadilly zum Sibylla's in der Swallow Street. Zehn Prozent vom Sibylla's gehörten George Harrison, dem Direktor der Betreibergesellschaft Donald Associated Limited, und es war berühmt für seine Innendekoration von David Mlinaric. Überflüssiges Wissen, das ich immer parat hatte.

Der Wagen war ein zweisitziger Torpedo, in dem vorne zwischen Tara Browne und mir trotzdem noch Platz für einen Plattenwechsler, Taras Freundin Suki Poitier und Taras berühmten geblümten Seidenschal war.

Ende der Siebziger würde Suki Poitier bei einem Autounfall in Portugal sterben. »Don't you never ever go to Portugal«, riet ich ihr. »Portugal is awful. Go anywhere else. Go to Poland. Go to Posemuckel. You know Posemuckel?«

Nein. Von Posemuckel hatte sie noch nichts gehört.

»Posemuckel is a German town«, sagte ich und riß mit Mühe meinen Blick von Sukis Oberschenkeln los.

»It's okay«, sagte Tara. »He's homesick. Mister Shears is a Kraut. A very nice one, of course, but please, don't mention the war, my dear ... he's yearning for his hometown Posemuckel, which actually belongs to Poland, am I right?«

Das war die Nacht, in der mich Tara Browne, dieser superreiche Urgroßenkel des Brauereibesitzers Edward Cecil Guinness, in die bizarre Welt des Brian Jones einführte. Des Kettenrauchers im Afghanenmantel. Aus den Büchern war er mir bekannt als hochbegabter Fatzke, der Frauen haute. Im Sibylla's war er aber ganz umgänglich. Er bestellte Schnapsikalien für Suki und Tara und mich und trichterte mir zu später Stunde an einem stillen Örtchen Pillen, Flüssigkeiten und Pülverchen ein, oral, nasal, in bunter Folge, und ich machte alles mit.

In der Bar veranstalteten die Farben ein Affentheater, wie ich es noch nicht gesehen hatte. Zuerst explodierte das Gelb, dann das Orange und dann das Blau vor meinen Augen. Wenn ich sie schloß, sah ich Zitronen. Eine Lawine aus Zitronen, die auf mich zurollte. Ich öffnete die Augen, und da regte sich Taras Seidenschal als lebendige Zirkusschlange. Welchen Drogencocktail hatte Brian Jones mir verabreicht? Mir klopfte das Herz bis zum Hals. Ich schwitzte, und ich hatte das Bedürfnis, mit der Seidenschalschlange zu sprechen. Daß auch aus ihr ein goldener Drache der Weisheit werden könne, wollte ich ihr sagen, aber dann sah Suki mich so merkwürdig an, daß ich einen Lachkrampf kriegte und mich am Tresen festhalten mußte, um nicht vom Barhocker zu segeln. Ulkig war, daß ich beim Lachen trotzdem noch klar denken konnte, an alles mögliche, an die japanischen Zierkirschenbäume in Planten un Blomen, an Wörter wie Paprika, Schlehendorn, Suffix, Eiskunstlauf und Geschlechtermatrix und an das Gefühl, das man im Zeigefinger hat, wenn ein Marienkäfer daran hochkrabbelt, bis er auf der Fingerspitze die Flügel spreizt und abhebt. Während die Bar und die Lichter um mich herum Karussell fuhren, dachte ich auch an den alten Spruch: Im Wald, da steht ein Ofenrohr – stell dir mal die Hitze vor! Ich wollte raus aus meiner Haut, erschaute einen Brian Jones mit drei Kaninchenköpfen und schwätzte eine Menge Dreck zusammen. Ob mir jemand zuhörte, weiß ich nicht mehr.

Wir verteilten uns in 1 Courtfield Road in South Kensington, dem Flat von Anita Pallenberg und Brian Jones. Dunkelheit, dreckiges Geschirr überall, Brian Jones blies besoffen Saxophon, auf Matratzen schliefen Kobolde und Albinos, und an den Wänden wellten sich Pin-ups. Auf die Oberlichter prasselte der Regen, und aus den Steckdosen ringelten sich Schlangen heraus, mit den buntesten Hautmustern, die ich jemals gesehen hatte.

Brian Jones spielte Embryo unterm Küchentisch.

In der Diele fand ich eine freie Matratze und dachte daran, daß morgen oder übermorgen die Londoner Philharmoniker die Overdubs für »A Day in the Life« orchestrieren sollten, diese höher und höher aufrauschende Riesenwoge aus Tönen. Und war morgen oder übermorgen nicht Maureens und Ringos zweiter Hochzeitstag? Und war es nicht trotz allem schön, wenn einem ein Marienkäfer am Finger hochkrabbelte, auf der Fingerspitze die Flügel ausbreitete und abhob? Der Sonne entgegen?

Meine Augen waren Schneckenfühler. Ich konnte sie bis zu den eingestaubten Spinnweben an der Dielendecke ausfahren und wieder einfahren.

Irgendwann kam Brian Jones mit seinen drei Kaninchenköpfen angekrochen und gab mir das nächste Stück Papier zu essen.

And after a while I start to smile, now I feel cool …

Etwa dreihundert Jahre verbrachte ich damit, in der Farbe

Grün zu versinken, bis mir auffiel, daß ich als subatomares Etwas über dem Beifahrersitz eines Bentley S3 Touring Continental Automatic schwebte. Auf der Fußmatte lagen ausgeleierte schwedische Sexmagazine, und am Steuer saß Keith Richards, der damals noch Keith Richard hieß.

Wir fuhren durch einen Hagelschauer aus Zitronen, die reihenweise auf der Windschutzscheibe zerplatzten. Keith Richards grummelte irgendwas über »those fuckin' fruits« und trat aufs Gaspedal.

Wochen oder Stunden später kamen wir in Redlands an, dem schönen reetgedeckten Landhaus von Keith Richards in West Wittering in Sussex. The most garishly furnished house in the whole of Britain. Mein Zeitgefühl hatte Ferien, aber geographisch war ich noch voll auf der Höhe. Mir fiel sogar wieder ein, daß er das Haus bei einer Auktion in Chichester gekauft hatte, und ich war auch kein ortloser Punkt mehr. Ich war Billy Shears, und ich hatte Kopfweh.

Dann lag ich ausgestreckt auf einem Fuder orientalischer Sitzkissen und bekam einen Teller mit Schinkenomelette gereicht.

Der Gentleman links neben mir stellte sich ohne ein Wort vor, nur durch Gedankenübertragung: Er heiße Robert Fraser und sei ein Fan von John Lee Hooker.

Wer, wie ich, fast alles über die Beatles gelesen hatte, wußte auch über Robert Fraser und dessen Einfluß auf die Beatles Bescheid. Fraser, Robert: Kunstgalerie in 69 Duke Street, Wohnung in 20 Mount Street. Spitzname Groovy Bob. Das kriegte ich noch zusammen, und ich bedauerte, daß ich ihm nicht antworten konnte, weder durch Gedankenübertragung noch sonstwie. Dafür hatte ich zuviel Löschpapier verzehrt, wie ich glaubte, doch Robert Fraser belehrte mich eines Besseren: Die Gerichte, die sein Diener Ali Mohammed zubereite, schmeckten besser als alles Löschpapier der Welt, sagte er, ohne den Mund aufzumachen, und schon servierte mir der marokkanische Diener des Galeristen ein Pistazientörtchen, das Geschmacksknospen wachkitzelte, von deren Dasein ich mir nichts hatte träumen lassen. Und ich träumte auch nicht. Ich war in Redlands, wirklich und wahrhaftig … Auf dem Flügel klimperte Keith Richards … Rechts von mir lagen David Schneiderman, der Acid King aus Kanada, und Michael Cooper, der Junkie, der dazu ausersehen war, das »Sgt. Pepper«-Cover zu fotografieren, und weiter hinten, beim Plattenspieler, unterhielt sich Marianne Faithfull mit einem Typen, der mir auch nicht unbekannt war. Ein Antiquitätenhändler. Christopher Dingenskirchen. Wie hieß der noch? Kam in jedem besseren Beatles-Lexikon vor. Woods? Hobbs?

Gibbs. Christopher Gibbs. Und neben ihm ein Hippie. Nicky Kramer. Und Mick Jagger, der eine Platte auflegte. »Blonde on Blonde«.

Ob ich noch so ein Pistazientörtchen kriegte? Oder sollte ich mir lieber eine Zigarette anstecken? Und wo war eigentlich Brian Jones abgeblieben?

Der sei mit Anita Pallenberg nach München geflogen, sagte Robert Fraser lautlos und bestellte bei Ali Mohammed Nachschub für sich und für mich.

Something is happening here, but you don't know what it is …

Jemand bat mich um Feuer. Ich hielt dem Mann meine brennende Zigarette hin, und er beugte sich vor.

George Harrison.

Ich machte die Augen zu.

Meine erste große Liebe hatte John gegolten. Dann war mir lange Paul der Allerliebste gewesen. Für George hatte ich siebzehn Jahre alt werden müssen und für Ringo noch viel älter. Ringo war ein Sonderfall, ein küssenswerter Prolet, den der Flügelschlag eines Engels von Liverpool in den Olymp geweht hatte, and all he got to do was act naturally … und jetzt reichte mir George Harrison, statt in Bombay Kopfstand zu machen, meine Zigarette zurück und ging tanzen, mit Pattie, vor dem Kamin, und Bob Dylan sang dazu vom Plattenteller. *Sooner or later, one of us must know … that I really did try to get close to you …*

Da war sie nun, die lang ersehnte Gelegenheit, ungezwungen mit einem der Beatles zu plaudern, von Mann zu Mann, und den einen oder anderen Hinweis auf »Sgt. Pepper« einfließen zu lassen, aber Billy Shears war stoned. Seit ich das Pistazientörtchen gegessen hatte, betrug das gefühlte Gewicht meiner Zunge rund anderthalb Kilogramm. Bei dem Versuch, David Schneiderman um den Aschenbecher zu bitten, brachte ich so etwas Ähnliches heraus wie der bis über beide Ohren verliebte Obelix, als er Falbala die Hand geben sollte: »Wghstrfg!«

In diesem Zustand konnte ich mir jede Hoffnung auf ein tiefschürfendes Gespräch mit George Harrison aus dem Kopf schlagen.

Die Party dauerte bis fünf Uhr früh. George und Pattie hatten sich zurückgezogen. Keith Richards war in seinem Sessel eingeschlafen, mit einem Buch in der Hand: »The Tell-Tale Heart« von Edgar Allan Poe. Alle Flaschen waren ausgetrunken. Robert Fraser erzählte mir zum dritten Mal die Geschichte der Profumo-Affäre: Wie sich sein Freund Stephen Ward entleibt habe, nachdem er fälschlich der Kuppelei bezichtigt worden sei, und zum dritten Mal war ich außerstande, der Geschichte zu folgen. Profumo, das klang so, als ob es da um Zigarettenschmuggel gegangen sei.

Ich bettete mein Haupt auf ein Seidenkissen, deckte mich mit einem Pelzteppich zu und träumte von … nichts mehr.

Singsang … Atem … eine warme Hand auf meiner Wange …

»Hey-up, Billy«, sagte Marianne Faithfull. »How about a cuppa tea?«

Blendendes Licht. Schnell einen Unterarm vor die Augen. In meinem Mund der Schwanz einer toten Ratte. Oder sollte das meine Zunge sein?

»Tea revives you, Billy«, sagte Marianne Faithfull.

»And Guinness is good for you!« schrie irgendwer.

Redlands … die Party … ich nahm einen Schluck aus der Teetasse, nickte Marianne Faithfull dankbar zu und wollte mich noch einmal unter meinem Teppich einigeln und weiterschlafen, als David Schneiderman neben mir niederkniete und mir eine Kapsel hinhielt. Was war das? Orange Sunshine? White Lightning?

Dies sei das Tao des Lysergsäurediäthylamid, sagte der Acid King. Ich solle mir davon erzählen lassen, wie man durch den Kosmos fliege.

Eine gute halbe Stunde später hob ich ab und hielt beim Fliegen Ausschau nach George Harrison, von dem aber nichts zu sehen war.

Unter einem klaren Februarhimmel lustwandelte Keith Richards im Garten und sah den Wasserratten im Graben beim Huschen zu. Der Garten drehte sich. Man sprach von einem Ausflug an den Strand. Ich hatte Lust zu allem. *Limitless, undying love which shines around me like a million suns …*

Es war ein strahlend blauer Wintertag. Wir liefen über die Felder im Süden von Redlands. Marianne Faithfull nahm mich an die Hand. Beim Laufen sah ich meinen Atem fliegen, aus Löwenlungen. Alles war weiß. Dann war alles grün, und dann kam Wind auf … Muscheln, Möwen und ein Stammestanz am Strand … Michael Cooper schoß Fotos. Mick Jagger, barfuß in den Felsen ... Christopher Gibbs mit Sonnenbrille, in der pakistanischen Nationaltracht ... Keith Richards in seinem wallenden Araberfummel, in dessen Falten ich Staubmilbenexkremente und Hundebandwurmeier erkennen konnte ... Spirillen und Kokken ... Auf einem der Rezeptoren in der Zellwand eines einzelnen Bakteriums rastete ein Bakteriophage ein, dessen Schwanzstift die Zellwand durchstieß, und noch während die injizierte Phagen-DNS die Synthese phagenspezifischer Enzyme steuerte, fragte ich mich, woher ich diese Begriffe kannte, denn in Biologie hatte ich immer nur mäßig aufgepaßt ... Nukleotide ... Replikationszyklen ... Meine Augen zoomten sich durch die Cytoplasmamembran des sterbenden Bakteriums bis in den subatomaren Bereich, wo Quarks und Neutrinos einander die Klinke in die Hand gaben.

»I am he as you are he as you are me and we are all together«, sagte ich zu Christopher Gibbs, der mit der linken großen Zehe eine Nachricht an die Bewohner der Venus in den Sand malte.

»My dear fellow, I congratulate you«, rief er und gab mir einen nach Metall und abgebrannten Wunderkerzen schmekkenden Zungenkuß, und dann warf ich den Kopf in den Nakken, um einen Kubikfuß salziger Seeluft zu trinken, wobei sich über mir das Weltall auftat ... heiße Gase aus Mangan, Neon, Argon, Schwefel, Silizium, Eisen, Kobalt und Nikkel ... blaue Riesen, rote Überriesen ... expandierende Sterne mit der Leuchtkraft von zwanzig Billiarden Sonnen, und in einem Paralleluniversum rauschten wir in Schneidermans Bus durch West Sussex, auf der Suche nach einem Haus, das Monkton hieß und einst einem Mäzen der Surrealisten gehört hatte. Da sollten sich von Salvador Dalí nach dem Vorbild der Lippen von Mae West gestaltete Sofas befinden. Robert Fraser wollte da gerne hin, doch wir fanden das Haus nicht.

Aus dem Rückspiegel sprach eine sterbende Eidechse zu uns. Ich wollte aufschreiben, was sie sagte, aber meine Hände zitterten zu stark. David Schneiderman gab mir eine Beruhigungspille.

Bis zum Horizont erstreckte sich ein Himmel aus flüssigem grünem Glas.

Abends, im Warmen, wollten sich fast alle »Pete Kelly's Blues« im Fernsehen ankucken, bei Kuskus und Joints. Marianne Faithfull war nach oben gegangen, um ein Bad zu nehmen. George und Pattie Harrison hatten sich verabschiedet.

Auf der Sitzkissenlandschaft streckte ich alle viere von mir. Seelenruhe. Reine Gegenwart … kein Gestern, kein Morgen. Lachhaft, die Beatles retten zu wollen, wenn man unter einem Himmel aus Glaswolken lebte und schwebte, hin und her, wie eine Hautschuppe der Queen.

Irgendwer hatte wieder »Blonde on Blonde« aufgelegt.

We sit here stranded, though we're all doin' our best to deny it …

Der Fernseher schwatzte, und im Kamin knackte das Feuerholz, was ich mir alles gelassen anhörte, bis mein Blick auf einen Wandkalender fiel.

Mir blieb fast das Herz stehen.

In Redlands fand am 12. Februar 1967 die erste große Drogenrazzia der Popgeschichte statt. Irgend jemand mußte der Polizei einen Tip und eine Liste der Anwesenden gegeben haben. Weil die Beatles als Member of the British Empire geschont werden sollten, wartete man mit der Hausdurchsuchung, bis George und Pattie Harrison verschwunden waren. Klatschreporter saugten sich aus den Fingern, daß Mick Jagger an jenem denkwürdigen Abend von der Polizei beim Beknabbern eines hochinteressanterweise aus Marianne Faithfulls Schamlippen ragenden Schokoladenriegels ertappt worden sei. Und der beschlagnahmte Stoff war so reichhaltig, daß Keith Richards und seinen prominentesten Gästen der Prozeß gemacht werden konnte, was für die Angeklagten viele fiese Folgen nach sich ziehen sollte.

So war es mir aus den Büchern bekannt. Daß ich daran nicht eher gedacht hatte! Wir schrieben den 12. Februar 1967, und George und Pattie Harrison waren bereits gegangen.

Zwanzig vor acht. Höchste Zeit, die Geschichte zu ändern.

In einer Viertelstunde würden die Bullen kommen. Oder erst in zwei Stunden? So schön es sein mag, im Rausch jedes Zeitgefühl zu verlieren, so verdammenswert ist die Schlamperei der Popjournalisten beim Zeitnehmen. Auf die Minute genau hätte ich wissen müssen, wann hier die Hölle ausbrach, doch die Zeitangaben, die ich mir gemerkt hatte, taumelten wie Betrunkene durcheinander, von fünf vor acht bis zehn nach zehn.

Ich rannte zum Fernseher. Wo war der Ausknopf? Kostbare Sekunden!

Gerade hätte ich eine Vision gehabt, rief ich. Das Haus sei von der Polizei umstellt! In aller Eile sang ich die gesamte Arie herunter, vom Prozeß und von den endlosen Scherereien bis hin zu den zermürbenden Schwierigkeiten mit den Visa für die USA in den siebziger Jahren, aber mir fehlte das Charisma, das den geborenen Volksredner auszeichnet. Niemand sprang auf. Keith Richards kratzte sich am Sack, und Michael Cooper bat mich, aus dem Bild zu gehen.

Ich wandte mich an Robert Fraser und sagte ihm, daß er monatelang eingebuchtet und seine Galerie verlieren werde, aber alles, was ich erntete, war ein Gähnen. Im Knast von Wormwood Scrubs verdorren lassen würden sie ihn für die vierundzwanzig Jacks, die er bei sich trug, und ich ging zum Angriff über. Es war nicht leicht, dem kichernden Gentleman die Herointabletten aus dem Jackett zu fingern, doch ich ließ nicht locker, bis ich sie alle beieinanderhatte und durchs Klo spülen konnte.

Fünf vor acht.

Im zweiten Nahkampf des Abends entwand ich David Schneiderman siegreich elf Tütchen mit Shit und Gras. In den Abwasserrohren tief unter Redlands werden die Ratten ein unvergeßliches Fest gefeiert haben.

Ich öffnete die Fenster, um den Qualm hinauszulassen, und der Winterwind fegte herein. Ich las Pfeifen und Jointstummel auf und schmiß sie ins Kaminfeuer. Dann ließ ich heißes Wasser ins Küchenwaschbecken laufen und versenkte darin alle auffindbaren Aschenbecher. Aber fehlte da nicht noch eine Kleinigkeit? Hatte das Tao des Lysergsäurediäthylamid mein Gedächtnis geschwächt?

Da sei jemand am Telefon für mich, sagte Keith Richards und gab mir den Hörer.

»Billy? Willibald hier. Sag mal, weißt du, was du da gerade tust?«

»Aufräumen und Menschenleben retten.«

»Ja, und dabei räumst du mit allem auf, was die Stones als Anregung für ihr nächstes Album brauchen, du Arsch!«

»Tut tut tut mir leid, die Verbindung ist unterbrochen worden«, sagte ich und legte auf.

Konzentration. Was hatten die Bullen am 12. Februar 1967 in Redlands noch entdeckt? David Schneidermans Aluminiumkoffer voller Drogen, mit denen man die Bevölkerung einer mittleren Kleinstadt auf den Trip schicken konnte, würde nicht durchsucht werden, das wußte ich aus der einschlägigen Literatur.

Eine Faust hämmerte an die Eichentür, und da fiel mir ein, was ich vergessen hatte – die Phiole mit den vier Pillen Speed in Mick Jaggers grünem Samtjackett im ersten Stock im Gegenwert von einem Jahr Knast.

Don't wear sandals, try to avoid the scandals …

Er habe hier einen Durchsuchungsbefehl, sagte Chief Inspector Gordon Dinley zu Keith Richards und zeigte die Dienstmarke vor. Er ermittele im Zusammenhang mit dem Dangerous Drugs Act von 1965. Hinter dem Chief Inspector lauerten achtzehn weitere Bullen mit Rinnaugen und Plattnasen. Es waren auch drei Frauen darunter.

Ich hatte mich da schon die Treppe hinaufgeschlichen und die vier Pillen an mich genommen, nur wo sollte ich die lassen? Wo, wo?

Die Piggies galoppierten schon die Treppe hoch. Viermal Speed, das sah nach einer langen Nacht aus, aber egal – runter damit!

Marianne Faithfull kam klatschnaß aus dem Badezimmer gelaufen, mit einer Felldecke um den Rumpf, wurde auf halber Treppe von einer Polizistin gestoppt, ließ die Decke fallen und rief Mick Jagger zu, daß er etwas unternehmen solle gegen die perverse Lesbe. Mick Jagger lachte. Die Polizistin zerrte Marianne ins Badezimmer, zur Leibesvisitation. Unten telefonierte Keith Richards mit seinem Anwalt Timothy Hardacre. Als der Chief Inspector David Schneidermans großen Drogenkoffer öffnen wollte, jammerte der Acid King, da seien Filme drin, auf die kein Licht fallen dürfe. Die Arbeit eines ganzen Jahres!

Der Koffer blieb zu. Als Beweismaterial kassierte die Polizei lediglich zwei Senftüten, vier Aschenbecher, eine Tube Sonnencreme, neun Räucherstäbchen, eine Dose Earl Grey und Marianne Faithfulls Felldecke ein. Der Chief Inspector war sauer. Man sah ihm an, daß er sich etwas mehr von dieser Hausdurchsuchung versprochen hatte.

Yes, but I would not feel so all alone ... everybody must get stoned.

Durch die Razzia war mein Prestige als Prophet gestiegen. Das mußte ich ausnutzen. Brian Jones würden sie auch bald filzen, sagte ich. Am 10. Mai werde die Polizei seine Wohnung durchsuchen. Ob ihm das jemand ausrichten könne?

Dann zog ich Keith Richards ins Vertrauen. Wenn er nicht aufpasse, werde er am 7. Juni 1969 in den Morgenstunden auf der A 286 einen Unfall bauen. Am 26. Juni 1973 würden die Bullen in seiner Wohnung im Cheyne Walk Schießeisen, chinesisches Heroin und Mandrax sicherstellen, und in zehn Jahren, am 27. Februar 1977, werde die kanadische Polizei seine Suite im Harbour Castle Hotel in Toronto stürmen und eine Menge Koks und Heroin konfiszieren.

Mein Herz schlug schnell. Ich war auf Speed und wollte noch einiges loswerden. Mick Jagger warnte ich vor dem Open-Air-Konzert in Altamont am 6. Dezember 1969. Es werde Tote geben – Unfallopfer, Ertrunkene, Verbrannte, Erstochene. Und er solle seinem alten Kumpel Ian Stewart sagen, wenn er nicht am 12. Dezember 1985 tot umfallen wolle, solle er rechtzeitig einen Herzspezialisten aufsuchen ... Michael Cooper riet ich von allen Experimenten mit Heroin ab. Das könne er auch seiner Frau Ginger bestellen. (Sonst würde sie, aber das behielt ich für mich, während einer Entziehungskur im Bowden House sterben, und 1973, anderthalb Jahre später, würde Michael Cooper sich als depressiver Witwer das Leben nehmen.) Als nächsten nahm ich mir Bob Fraser vor: In den frühen Achtzigern werde sich eine tödliche, durch ungeschützte Sexualkontakte übertragene Krankheit über die ganze Welt ausbreiten und vor allem Schwule dahinraffen. Er solle Kondome benutzen, sonst werde er im Januar 1986 an Lungenentzündung und Meningitis sterben.

Noch irgendwer ohne Fahrschein?

Marianne Faithfull. Sie legte mir zwei Finger auf die Lippen und schüttelte den Kopf. Keine Wettervorhersage für mich, sollte das wohl bedeuten.

Why did you let me know … how could you think I'd stand it …

Aber was hätte ich ihr auch verraten sollen? Daß sie am 9. Februar 1980 bei »Saturday Night Live« ihre Stimme verlieren werde?

I'm a Believer«, »Matthew and Son« und »Hey Joe«, das war die stete Begleitmusik bei meiner Tour durch die Clubs. Mir eilte jetzt ein guter Ruf voraus: Ich war der geheimnisvolle Bonvivant, der die Stones auf wundersame Weise vor dem Knast gerettet hatte. Als ich ins UFO ging, den alkoholfreien Underground Freak Out Club in 31 Tottenham Court Road, um mir unter der niedrigen Kellerdecke einen Fruchtsaft und ein makrobiotisches Sandwich zuzurüsten, zeigten viel berühmtere Menschen als ich mit dem Finger auf mich und steckten die Köpfe zusammen: Peter & Gordon, Joe Boyd und Daevid Allen, Graham Nash und Chrispy Hutch, Gerry Marsden und Roger Waters, Simon Napier-Bell und John Peel … Es war überall das gleiche: Köpfezusammenstecken und Tuscheln, im Les Ambassadeurs, im Place, im Pickwick Club, im Tiles, im Quaglio's, im Trader's Vic, im Blaises und im berüchtigten Flamingo Club in der Wardour Street, wo John Lennon und Ringo Starr am 14. November 1964 mit Georgie Fame einen draufgemacht hatten … Smoke and Coke … mir war das alles recht. Wenn ganz London davon redete, was für ein toller Hecht ich war, würden es über kurz oder lang auch die Beatles einsehen, dachte ich und ging im Dolly's in der Jermyn Street vor Anker, am 17. Februar 1967, dem Tag, an dem die Single »Strawberry Fields Forever«/»Penny Lane« hätte erscheinen sollen.

Um Mitternacht setzte sich Tony Sanchez zu mir an die Bar, der Hoflieferant der Stones. Ob ich den Bullen letztes Wochenende nicht selbst einen Wink gegeben hätte, wollte er wissen. Um mich als Retter in der Not aufzuspielen … nun mal ehrlich … Dabei tändelte er mit einem dicken, scharfkantigen Ring an seinem rechten Mittelfinger herum, ohne mir darzulegen, ob das Objekt ein Siegelring oder ein Schlagring war. Und woher ich meinen Zaster hätte. Wie man sich erzähle, könne ich ja vor Geld kaum laufen.

War jetzt Tony Sanchez mein Finanzamt? Mußte ich einem halbseidenen Drogendealer meine Einkünfte offenlegen?

Ich hätte geerbt, sagte ich. Großvater mütterlicherseits Großkaufmann. Südafrika, Peru, Brasilien. Diamanten, Kaffee, Stahl. Und diese Visionen, die hätte ich schon als Kleinkind gehabt. Einmal sei ich am ersten Weihnachtstag aus dem Mittagsschlaf erwacht, aus Angst vor Feuer, und an dem Abend sei unser Tannenbaum in Flammen aufgegangen.

Tony Sanchez sah mir tief in die Augen, mit den Pupillen eines Killers, der über Mittel und Wege zur Entsorgung meiner Leiche nachdachte. Doch ich bestand den Test. Wir kippten Pflaumenschnäpse, und so gegen zwei Uhr morgens nahm mich mein neuer Freund Tony nach draußen zu seinem weißen Alfa Romeo mit und reichte mir, als Belohnung für meine Heldentat in Redlands, eine Wundertüte mit Acid, Koks, Uppies, Downies, Mandrax, Librium, Speedballs, Purple Hearts, Black Bombers, Preludin, Methedrin, Phenotiazin, Meprobamat, Noludar, Sodium-Amytal, Methyl-Amphetamin-Hydrochlorid und Psilocybinpilzen.

»Be a good boy«, sagte er, und das versprach ich ihm.

Obwohl sie in aller Heimlichkeit zelebriert worden war, hatte die Verleihung der Wundertüte durch Tony Sanchez die Wirkung eines Ritterschlags. Jetzt gehörte Billy Shears zur Elite der P.Y.P.s, wie sich seit neuestem die Pretty Young People der pulsierenden Hauptstadt nannten, die das Dolce vita genossen, wearing colourful sixties gear. »Hullo hullo«, rief Steven Demetri Georgiu alias Cat Stevens mir zu. Goldige achtzehn war er, also in einem Alter, in dem er noch höchst lobesam zechte und hurte. »Still havin' those visions, old chum?« Und im Scotch of St. James's, 13 Mason's Yard off Duke Street, salutierte der Türsteher vor mir und schrie: »Good evening, Sir Billy!«

And all the people that come and go stop and say »Hello« …

Bis mir die Beatles über den Weg liefen, bereit für meine Botschaft, wollte ich mich an die Morgengaben von Tony Sanchez halten und an alles, was drei- oder vierstöckig war. Was nützt das schlechte Leben, dachte ich und fand mich schließlich rücklings im Sanitärbereich wieder, rudernd wie ein Käfer, der aus eigener Kraft nicht mehr auf die Beine kommt.

»Clapton is God«, stand an der Klosettwand. Das muß in Kensington gewesen sein, im Cromwellian Club, den ich in dieser Phase meines Lebens des öfteren aufsuchte. Da hatte mich der noch ziemlich unbekannte Peter Frampton einmal um ein Autogramm gebeten und sich dafür den Rüffel eines Kellners eingefangen. Es sei eine Hausregel, daß von den Gästen keine Autogramme verlangt werden dürften: »So don't go looking for a punch-up, eh?« Und Peter Frampton hatte sich aus dem Staub gemacht.

Jetzt wuchtete mich ein seinerseits nicht mehr standfester und trittsicherer Saufaus hoch. Umschlungen torkelten wir irgendwohin, wo man sitzen und trinken konnte. Beim Wodka teilte er mir mit, daß er Jimmy Nicol sei, der Drummer, der vor drei Jahren den an einer Mandelentzündung erkrankten Ringo Starr bei einer Tournee der Beatles vertreten habe, zwölf Tage lang, in Dänemark, Holland, Hongkong und Australien, für fünfhundert Pfund Sterling und eine Eternamatic-Armbanduhr, die er am Handgelenk trug. Er zeigte sie mir.

Jimmy Nicol … Mir war bekannt, daß er im April 1965 wegen Schulden in Höhe von 4066 Pfund einen Offenbarungseid vor dem London Bankruptcy Court hatte leisten müssen. Das muß man sich einmal vorstellen: Man vertritt Ringo Starr bei einer Beatles-Tournee auf drei Kontinenten und ist ein Jahr später pleite. Doch was hatte dieser Habenichts im Cromwellian Club verloren? Ob hier ein Jimmy-Nicol-Impersonator vor mir saß? Ein Typ, der mir mit seinen Lügenmärchen die Ohren abkaute, nur um einen ausgegeben zu kriegen?

Wie auch immer, er hatte mich entkäfert, und ich wollte seine Armbanduhr haben.

Die sei unverkäuflich, sagte Jimmy Nicol oder Nicht-Jimmy Nicht-Nicol und sah schweigend mit an, wie ich ihm trotzdem die Scheine hinzählte. Als ich bei elftausendachthundert eine Verschnaufpause einlegte, schlug er mir auf die Schulter und sagte: »That's a hell of a lot of money … got plenty offit, dontyer?« Dann schnallte er seine Armbanduhr ab, deponierte sie auf dem Tisch, raffte das Geld zusammen, verabschiedete sich hastig und machte sich auf die Socken, ohne seinen Wodka ausgetrunken zu haben.

So schwächte ich das britische Pfund, verhalf verarmten Gentlemen zu einer neuen Lebensperspektive und kam meinen diversen gesellschaftlichen Verpflichtungen nach. Im Saville Theatre trat am 19. Februar Chuck Berry auf, supported by Del Shannon, The Canadians and Hamilton and The Movement, ein Ereignis, für das ich mir eine der Logen mit leopardenfellbezogenem Sofa reserviert hatte. Das Konzert ging, wie erwartet, schief: Chuck Berry sah beim Singen dauernd auf seine Uhr, und bei »Roll Over Beethoven« wurden Stühle auf die Bühne geschmissen. Eine halbe Stunde später bekam ich Chuck Berry in seiner Garderobe zu fassen und sagte mein Sprüchlein auf: Er solle alle Einnahmen aus seiner Englandtournee im Januar 1973 versteuern, sonst werde man ihn im Juni 1979 einhundertzwanzig Tage lang gefangensetzen und ihn außerdem noch zu eintausend Stunden gemeinnütziger Arbeit verurteilen. Nach einer Hausdurchsuchung im Juni 1990 werde es ihm noch viel schlechter ergehen. Und er solle lieber keine Kameras in den Damentoiletten seines Vergnügungsparks verstecken, denn das werde sich rächen …

Ein Weilchen hörte Chuck Berry mir zu. Dann gab er einem seiner Schlagetots ein Zeichen, und ich mußte rennen, aus dem Theater raus, die Shaftesbury Avenue runter, und noch lange Haken schlagen, bis ich mein leidgeprüftes Nasenbein in Sicherheit gebracht hatte.

Hail! Hail! Rock 'n 'Roll!

Den erschossenen Del Shannon würde man am 8. Februar 1990 in seinem Haus in Santa Clarita in Kalifornien auffinden, aber davon wollte ich ihn lieber brieflich unterrichten.

Als Geoffrey mir das Frühstück brachte, empfahl er mir nach einem Blick auf meinen Teint einen Saunagang, aber das war keine so gute Idee, denn in der Sauna setzte sich ein riesiger, haariger Fettsack neben mich und flüsterte mir zu, daß ein paar Freunde von ihm jetzt lange genug auf einen namhaften Beitrag von mir zur Befreiung Irlands gewartet hätten. Die würden sich demnächst bei mir melden, und dann könne ich mit denen alles Nähere besprechen. Ob ich das verstanden hätte. Oder ob er mir erst auf die Sprünge helfen müsse. Er sei sehr gut darin, störrischen Leuten auf die Sprünge zu helfen. Einmal habe er jemanden in einer Sauna wie dieser hier auf die Kohlen gesetzt, nur aus Spaß an der Freude, und danach sei der Mann wie ausgewechselt gewesen. Kein bißchen störrisch mehr. »Just think of that«, flüsterte der Fettsack. »Would you be so kind? I'll bet you will.«

Und dann schwabbelte er hinaus.

Am 22. Februar stellten Soft Machine im Speakeasy ihre erste Single vor: »Love Makes Sweet Music«, Flipside: »Feellin' Reelin' Squeelin'«. Jimi Hendrix, seine Freundin Kathy Etchingham und ich hingen bei diesem Event nach einem späten Katerfrühstück hinten herum wie die Lümmel von der letzten Bank.

»I'm squeelin' quite well«, sagte Jimi Hendrix. »Give, uh, my compliments to Mister Wyatt, please, would ya?«

Schlaf nicht ein, Billy, sagte ich mir. Du mußt Robert Wyatt warnen! Am 1. Juni 1973 würde dieser wunderbare Mann, der Drummer von Soft Machine, bei einer Party aus dem Fenster fallen und den Rest seines Lebens als Querschnittsgelähmter im Rollstuhl verbringen.

Soft Machine. Pause. Geschnatter. Soft Machine …

In der nächsten Pause faßte ich mir ein Herz, krebste zur Bühne und fragte Robert Wyatt, ob ich ihn kurz sprechen könne, und er schickte keine Schläger los, sondern hörte mir zu, und er notierte sich sogar das Datum seines Unfalls.

Wow. Nun wußte Robert Wyatt alles, was er wissen mußte, um ein kerngesunder Mann zu bleiben. Das war etwas Gutes, das ich nicht nur gewollt, sondern auch getan hatte! Um noch mehr Gutes zu tun, gab ich eine Lokalrunde aus.

One, two, three, four, can I have a little more …

Ich fragte mich, ob ich mir einen Schnurrbart wachsen lassen solle. A sporting raffish moustachio. Why not?

Ein gewisser Richard Ingrams stellte sich mir vor und lud mich für den kommenden Mittwoch zum Lunch in den Coach and Horses Pub in der Greek Street ein. Das werde etwas nach meinem Geschmack sein. Einmal wöchentlich komme dort eine Runde geistreicher, ambitionierter junger Gentlemen zusammen. Ich erhielt eine schriftliche Einladung, auf die Rückseite einer Benzinquittung gekritzelt, unterschrieben von Richard Ingrams, und sagte zu, in der vagen Hoffnung, mich auch auf diesem Umweg immer dichter an die Beatles heranpirschen zu können.

Zwei Tage später gratulierte ich George Harrison, c/o EMI, per Telegramm zum vierundzwanzigsten Geburtstag, denn ich wußte eher als George Harrison selbst, daß er nicht erst am 25. Februar Geburtstag hatte. Und am 27. Februar kaufte ich zwei Ausgaben der *Daily Mail* und schnippelte die Meldung aus, daß die siebzehnjährige Melanie Coe aus Stamford Hill von zu Hause ausgerissen sei (»A-level girl dumps car and vanishes«). Daraus hätte Paul McCartney in diesen Tagen den Song »She's Leaving Home« gestalten müssen.

Die eine Seite schickte ich Paul McCartney zu. Die andere ließ ich einrahmen und hängte sie mir übers Bett, als Denkmal meiner Schande, und dann aß ich das Meskalin, das Tony Sanchez mir als Dreingabe zu seiner Tüte hatte zustellen lassen, mit freundlichen Grüßen.

Es schmeckte nach Scheuermilch, und mir mißfiel, daß ich bei der nächsten Taxifahrt Big Ben auf dem Kopf stehen sah.

Come on is such a joy …

Im Bag O'Nails hing Jimmy Anonmuogharan Scott Emuakpor ab, mit bunter Stoffmütze und Sonnenbrille, und ich warnte ihn: Er solle 1986 den Flughafen Heathrow meiden, wenn er nicht zwei Stunden lang nackt in einer Zelle sitzen und einen Tag später an Lungenentzündung sterben wolle.

»All's well that ends well«, sagte er, »so don't worry! Life goes on, bra.«

Da stimmte ich ihm grundsätzlich zu, bis mir beim Pinkeln jemand eine Messerklinge an die Kehle hielt und dreihundert Pfund von mir einzog, als Gebühr für meine Mitgliedschaft in Patrick Barrys Verein zur Verschönerung Irlands.

Im Coach and Horses Pub sah sich der dicke, glatzköpfige Wirt die Benzinquittung lange an, mit und ohne Brille, von vorne und von hinten, bevor er mich in den Bankettsaal führte, eine Treppe höher. Die versammelten Gentlemen waren bereits mächtig am Tafeln und Schwafeln. Ich sah keinen freien Platz und wollte schon kehrtmachen, als Richard Ingrams auf mich zugeeilt kam und die Herrschaften um Ruhe bat. »Mylords – sires, pray silence! May I introduce to you a new friend of mine … a famous and high-spirited young feller from Germany … Mister William Shears!«

Man applaudierte, schob mir einen Stuhl unter und bot mir etwas zu trinken und zu rauchen an, und erst nach sechs Gängen, einem Toast auf die Königin und der zweiten Zigarre kam ich dahinter, mit wem ich es hier zu tun hatte, nämlich mit Autoren und Zuträgern des Satiremagazins *Private Eye*, dessen Herausgeber Richard Ingrams eine Reportage über mich schreiben wollte.

»Just a little human interest story«, sagte er. Ich sei nun einmal unermeßlich reich, das könne ich ja wohl nicht abstreiten … Ich sei doch mit dem neuen Superstar Jimi Hendrix befreundet, und außerdem sei ich von verschiedenen Zeugen dabei beobachtet worden, wie ich nachts in einer Limousine stundenlang am Piccadilly Circus im Kreis gefahren sei. Und man rühme mir hellseherische Kräfte nach. »The Wealthy Wizard«, unter dieser Überschrift wolle er mich porträtieren, sagte Richard Ingrams, und es sei möglich, daß die BBC mich als Moderator einer Horoskop-Show verpflichten werde. Dann wäre er gerne mit 25 Prozent an meinen Einkünften beteiligt. Sein Notar, Mister Brockenhurst, sei zugegen, die Verträge seien ausgefertigt, und ich könne unterschreiben, gleich jetzt.

Richard Ingrams proudly presents: »The Wealthy Wizard Show«, featuring Billy Shears.

Da hätte ich jahrzehntelang nahezu unfehlbar die Top Twenty vorhersagen können, aber wozu? John Lennon reanimieren und die Beatles wieder zusammenschweißen, das war alles, was ich wollte. Und mir war auch nicht daran gelegen, in die Klatschspalten zu geraten. Einen Namen machen wollte ich mir nur im Underground. Im Overground würden sich einem berühmt gewordenen Billy Shears bloß irgendwelche Steuerfahnder an die Fersen heften und ihn in die Mangel nehmen – woher er seine Tantiemen beziehe, wer er überhaupt sei und was er hier zu suchen habe.

»Please release me«, sagte ich und wandte mich zum Gehen.

Ich würde ein Vermögen ausschlagen, rief Richard Ingrams mir nach.

»I don't care too much for money«, rief ich zurück.

Mehr als seine Zehen konnte John Lennon auch Anfang März nicht bewegen. Paul McCartney hätte jetzt »With a Little Help from My Friends« komponieren und mit John und George und Ringo intensiv an »Sgt. Pepper« arbeiten sollen.

Vor der Razzia in der Redaktion der *International Times* am 9. März warnte ich ausnahmsweise niemanden, weil ich das Benefizkonzert für die klamme Zeitschrift nicht gefährden wollte, den legendären 14-Hour Technicolor Dream am 29. April. An Epochal Highlight Event Not To Be Missed. The Grand Night Of All Nights. The Wholly Communion Of The London Underground.

Weil ich, fürs erste, schon genug Warnungen in den Wind gesprochen hatte, sagte ich nichts, als ich bei der Eröffnungsparty von Track Records im Speakeasy Freddie Mercury erkannte. Er war jünger als ich, aber seiner Zeit weit voraus mit seinen langen schwarzen Haaren. Meine eigenen hingen mir jetzt fast bis auf die Schultern, und ich dachte darüber nach, ob es an meinem Rauschgiftmißbrauch, an meinem Zuschauer Willibald oder an meinem Haarspliß lag, daß ich keine One-Night-Stands mehr auf die Reihe kriegte.

Nach langer Suche fand ich in der *Times* die Anzeige, die den alten John Lennon, so wie ich ihn kannte, auf die Idee gebracht hatte, eine Insel zu kaufen: »Island for sale off the west coast of Ireland. The Westport Harbour Board will hold a public auction …« Am 17. März hätte Alistair Taylor in John Lennons Auftrag für 1550 Pfund diese unbewohnte, vor der irischen Westküste in der Clew Bay im County Mayo gelegene Insel Dorinish ersteigern sollen.

Obwohl ich nicht vorhatte, jemals einen Fuß auf das unwirtliche Eiland zu setzen, wollte ich es in meinen Besitz bringen. Solange John Lennon außer Gefecht war, gehörten Erwerbungen dieser Art zu meinem Pflichtprogramm, aber einem German Kraut, selbst wenn er im Ritz residierte, mochte oder durfte man die gottverdammte Insel nicht verkaufen. Also stattete ich Owen mit dem nötigen Kleingeld aus und schickte ihn nach Westport, und so wurde mein Chauffeur, der nicht so knauserig war wie der berühmte Mr. Fixit, am St. Patrick's Day für 2890 Pfund ausweislich der Besitzurkunde, die er mir präsentierte, zum stolzen Eigentümer von 36 000 Quadratmetern Irland, die eigentlich John Lennon gehörten.

Vielleicht erweckte ihn ja der Frühling zu neuem Leben.

It's been a long, cold, lonely winter …

Mich machte der Frühlingssonnenschein ganz kribbelig. Ich mußte raus. Auf der Kirmes im Battersea Park fuhren Tara Browne und ich am Ostersonntag zweiunddreißigmal Achterbahn, und beim dreiunddreißigsten Mal stieg meine alte Freundin Nelly hinter uns ein.

»Hi there«, sagte sie, als wir nach oben fuhren. Sie trug eine grauenhafte Dauerwelle und hatte ein Urviech aus den schottischen Hochmooren zur Seite, mit Zahnlücke und Blumenkohlohren.

Tara Browne deutete mit dem Daumen nach hinten. »Friends of yours?«

»Winter companions«, sagte ich.

Nach der Achterbahnfahrt teilte Nelly mir mit, daß Joy im Februar einen australischen Matrosen geheiratet habe und nach Melbourne ausgewandert sei. Arme Nelly! Arme Joy!

When I think of things we did it makes me wanna cry.

Ich nahm die Serie meiner Warnungen wieder auf und hatte schon am Ostermontag die Chance, eine Weisheit an den Mann zu bringen, als im Saville Theatre Fats Domino and His Orchestra, Gerry and the Pacemakers und die Bee Gees aufgetreten waren: Backstage vertraute ich Barry Gibb an, daß sein Bruder Andy am 10. März 1988 in Oxford an einer Überdosis Kokain zugrunde gehen werde.

»How very funny«, brummte Barry Gibb und ließ mich stehen.

Time after time they refused to even listen …

Netter war es, einen Plausch mit Twiggy und ihrem Freund und Manager zu halten, Monsieur Justin de Villeneuve, der sich mir als Großgroßneffe eines Admirals von Napoleon vorstellte.

»I'm just like all the other girls really«, sagte Twiggy. »It's just 'cos I'm natural, I suppose. I dunno.«

»She's the real boss«, behauptete ihr Freund. »Even over money.«

»Go on with yer«, rief Twiggy, und es wäre ein gemütlicher

Abend gewesen, wenn Owen auf dem Nachhauseweg nicht in einer dunklen Seitenstraße angehalten hätte, wo Patrick Barrys Schergen mich malträtierten und um weitere dreihundert Pfund erleichterten. Dabei hatte ich doch gar nichts einzuwenden gegen ein unabhängiges Irland! Jedenfalls hätte ich lieber Kindergärten in Dublin finanziert als alle naselang eins reingehauen zu kriegen.

Ich mußte die Beatles wieder zusammenbringen, so schnell wie möglich, aber ich mußte auch Owen loswerden. Das stand fest. Vorm Ritz, beim Aussteigen, teilte ich ihm mit, daß ich in Zukunft keinen Chauffeur mehr benötigte und er sich einen neuen Job suchen dürfe. Peng! Autotür zu und Abmarsch.

Daß ich damit auch den Rest meiner Sportwagenflotte abschreiben konnte, fiel mir erst im Fahrstuhl ein, aber das war mir egal. Hauptsache, ich war die ganze Bande los.

T*hose where the days, my friend …* Mir lief die Zeit davon, aber was sollte ich machen? Am 30. März hätte Michael Cooper in seinem Studio in der Flood Street das Cover von »Sgt. Pepper« fotografieren sollen, und nichts war geschehen. Pünktlich wurde nur die neue Single von Bob Dylan ausgeliefert.

Then time will tell just who fell and who's been left behind …

Im Astoria war ich am 31. März Ohrenzeuge beim Lineup für die gemeinsame Tournee von The Jimi Hendrix Experience, Engelbert Humperdinck, The Walker Brothers, The Californians, The Quotations, MC Nick Jones und Cat Stevens, dem ich riet, sich gelegentlich auf Tuberkulose untersuchen zu lassen. »You're still young, that's your fault, there's so much you have to know«, sagte ich. »Look at me, I am old, but I'm happy.«

Cat Stevens schüttete sich aus vor Lachen. »Go home, old bugger«, rief er. »Go right home to the churchyard you came from!«

In der unberührten Vergangenheit hatten die Beatles am 2. April 1967 gegen sechs Uhr morgens das Studio verlassen und bei einer Party in der Wohnung von Mama Cass Elliot in der King's Road zur Verblüffung der Nachbarn im Morgengrauen bei offenen Fenstern schön laut eine Musterpressung von »Sgt. Pepper« abgespielt. In der von mir geschändeten Vergangenheit gab es keine solche Musterpressung. Und doch drückte ich mich an jenem wolkenlosen Frühlingsmorgen in der King's Road herum, mit ungefähr 2,8 Promille, wie ein Mörder, den es unwiderstehlich zum Tatort zieht.

Halb sieben durch, und alles schlief. Nur eine Taube mit verkrüppelten Krallen hinkte vor mir her und bepickte eine zertretene Erdnuß.

Grabesstille ringsumher. Ein weiteres Ergebnis meines genialen Plans zur Verbesserung der Sixties. Cat Stevens hatte ganz recht: Ich gehörte auf den Friedhof. Oder besser noch in ein nasses Grab in der Themse.

Auf der anderen Straßenseite wurde ein Fenster geöffnet. Fünf bis sechs Sekunden lang regte sich in mir die wilde Hoffnung, daß ein Wunder geschehen sei – daß es die Beatles irgendwie doch noch geschafft hätten, ihr Meisterwerk zu vollenden. Aber was aus Cass Elliots Wohnung schallte, war weder wunderlich noch meisterlich.

Mull of Kintyre, oh mist rolling in from the sea, my desire is always to be here, oh Mull of Kintyre …

Das kann nicht sein, redete ich mir ein, du verhörst dich! Gruseliges Dudelsackgetröte tönte durch die King's Road. Überall wurden jetzt Fenster aufgerissen. Menschen rieben sich die Augen. In der Welt, aus der ich gekommen war, hatten Paul McCartney und Denny Laine diesen musikalischen Bubblegum erst im November 1977 aufgeblasen und zum Platzen gebracht.

Ich hielt mir die Ohren zu und rannte weg, doch das Getröte verfolgte mich bis ins Ritz und bis ins Bett, wo ich wach lag und die Dudelsäcke quäken hörte, und wenn ich hätte schlafen können, hätte das Getröte mich unweigerlich bis in den Schlaf verfolgt.

Flickering embers grew higher and higher as they carried me back to the Mull of Kintyre …

Den Gedanken, daß ich vielleicht schon tot war und mich in der Hölle befand, verwarf ich. In der Hölle wäre einer wie ich im Ritz nicht geduldet worden.

In Soho suchte ich abends Vergessen, aber das hätte ich besser gelassen, denn auf dem Heimweg begegnete mir ein doppelter Patrick Barry, voller Tatendurst. Die beiden Barrys fuhren mir an die Gurgel und stellten mich, während sie mit brennenden Feuerzeugen unter meiner Nasenspitze herumspielten, vor die Wahl, entweder den jungen, sympathischen Owen weiter als Chauffeur zu beschäftigen oder von einer wildromantischen Südküstenklippe in den Ärmelkanal zu springen, mit einer Halskette aus Wackersteinen um. Unter diesen Bedingungen nahm ich die Kündigung mit einem klaren Ausdruck des Bedauerns zurück und erbot mich, Owen eine Rente auf ein Sonderkonto zu überweisen, ohne daß er mir noch irgendwelche lästigen Chauffeursdienste leisten müsse, versprochen, versprochen, versprochen, und mit dem Kopf im Schwitzkasten und auf den Rücken gedrehten Armen gestand ich Owen als Abfindung ausdrücklich auch alle meine Autos zu. Sowie die Insel Dorinish, jawohl, auch die.

Da ließen sie von mir ab, die Gebrüder Barry. Leider nicht für immer.

Mit Air France flogen Paul McCartney und Mal Evans am 3. April 1967 nach Paris-Orly, von dort nach Los Angeles und mit Frank Sinatras Learjet weiter nach Denver, Colorado, wo im Quorum Restaurant der einundzwanzigste Geburtstag von Jane Asher gefeiert wurde. Billy Shears lag währenddessen ramponiert im Bett, with a head like Dumbledore. Ich hing vorm Fernseher herum, bis Sandy Shaw am 8. April mit »Puppet on a String« beim Eurovision Song Contest erster war. »Hey Jude« hätte mir besser gefallen.

Im Badezimmer stieß ich mit einem Champagnerkelch bei meinem Ebenbild im Spiegel auf Julian Lennons vierten Geburtstag an und wich zurück: *In the glass I saw a strange reflection. Was that lonely person really me?*

Was mir fehlte, war ein Mitmensch, dem ich die ganze bittere Wahrheit gestehen konnte. Jemand, der mir nach meinem Geständnis nicht ins Gesicht gespuckt, sondern mir tröstend übers Haar gestreichelt hätte. Am besten ein weiblicher Jemand. Irgendeines dieser beinezeigenden, da draußen in himmlischen Heerscharen herumlaufenden nachtaktiven Geschöpfe, bei deren Erschaffung der liebe Gott unter hohem sexuellem Druck gestanden haben mußte. Aber eins, das mehr auf dem Kasten hatte als Nelly oder Joy. Oder Gayleen. Eine Frau fürs Leben, der ich – to pop the question – gerne einen Heiratsantrag gemacht hätte. Um die Standesbeamten im Marylebone Registry Office am Gloucester Place zu schockieren, hätten wir als Trauzeugen Tara Browne und Jimi Hendrix mitbringen können. Und dann ab in die Flitterwochen, nach Monte Carlo, Barbados oder St. Tropez, meeting up with Louis de Funès …

Bei mir waren Frauen, die reich heiraten wollten, an der richtigen Adresse. Ich war der reichste Mann der Welt. Gegen mich kamen keine Königin und keine Bank von England an, kein Ölscheich, kein Onassis und kein Rockefeller. Ganze Staaten und Armeen hätte ich mir kaufen können. Aber ob mich irgendeine Frau als Ehemann wollte? As her significant other? Von Herzen? Oder wenigstens als festen Freund?

Seitdem ich wußte, daß ich rund um die Uhr von Willibald observiert wurde, dem anderen reichsten Mann der Welt, war einfach nichts mehr los mit meinem Liebesleben.

Wer Marianne Faithfull mochte, konnte sie im April 1967 im Royal Court Theatre am Sloane Square in Tschechows »Drei Schwestern« bewundern. Die Stones waren auf Europa-Tournee gegangen, und wer weiß, vielleicht wäre Marianne Faithfull zu mir übergelaufen, wenn ich ihr den Hof gemacht hätte. Das wäre typisch Billy Shears gewesen: Erst zerdeppert er die Beatles, und dann spannt er Mick Jagger sein Mädchen aus.

O nein. Für ein Subjekt wie mich war Marianne Faithfull tabu.

Tara Browne erzählte mir, daß er sich an seinem Lotus Elan satt gesehen habe und einen Käufer dafür suche. Zehn Minuten später war der Wagen mein, und ich konnte Geoffrey die freudige Mitteilung machen, daß ich nach langer Zeit wieder einmal Arbeit für ihn hätte: Er solle mir eine Trillerpfeife und eine gefüllte Wasserspritzpistole besorgen und mich am nächsten Morgen zur Denmark Street chauffieren, wo ich Diebe daran hindern wollte, die Master-Tapes des neuen Albums von The Move aus deren Auto zu klauen.

Leider gab es in der Denmark Street keinen freien Parkplatz, und ich stand dort fast drei Stunden lang dumm herum, bis die Diebe endlich auf der Bildfläche erschienen und von einem wild trillerpfeifenden und wasserspritzenden Billy Shears in die Flucht geschlagen wurden.

Als ich mich zurückchauffieren ließ, zum Chill-out im Ritz, berichtete Geoffrey mir, daß John Lennon, nachdem ihm eine Japanerin drei Stunden lang die Schläfen massiert und für ihn gebetet habe, vorübergehend aus seinem Koma erwacht sei und den Wunsch geäußert habe, ein Brot zu backen. Vor einer halben Stunde sei das publik geworden, und in einem Rundfunkinterview habe Brian Epstein den einhundertprozentigen Wahrheitsgehalt dieser Meldung bestätigt.

Ich fragte Geoffrey, ob auch der Name der Gesundbeterin publik geworden sei, und hielt den Atem an.

Der Name der Dame sei Yoko Ono, sagte Geoffrey. Die habe sich mit ihren fernöstlichen Heilkunststückchen den Ärzten nachgerade aufgedrängt, der aktuellen Nachrichtenlage zufolge. Das Bewußtsein habe John Lennon dennoch wieder verloren, und nun sei alles wie gehabt.

Na, da schau her.

Am 29. April – John Lennon lag im Koma, nach wie vor – dinierten Billy Shears und sein Sekretär Geoffrey im Baghdad House in der Fulham Road mit Yoko Ono. Es gab irakische Lavapampe mit Honig und Joghurt als feuerhemmenden Zutaten, während aus dem Untergeschoß Kiffschwaden heraufstiegen.

Einerseits war es natürlich gut, wenn John Lennon wachgezaubert wurde, und sei es auch von Yoko Ono. Andererseits barg dieses Heilverfahren das Risiko in sich, daß die Wunderheilerin den gesundeten Patienten auf die schiefe Bahn brachte und ihn mit allem möglichem Firlefanz davon abhielt, endlich »A Day in the Life« zu schreiben. Und alles andere. Vielleicht genügten die bisherigen Schläfenmassagen ja schon, und sie entfalteten eine heilsame Langzeitwirkung. Bis diese Frage geklärt war, wollte ich Yoko Ono aus dem Weg haben und hatte Geoffrey darum gebeten, ein kleines Abendessen für uns drei zu arrangieren. Dabei spielte ich, nach einem Vorschlag von Geoffrey, die Rolle eines reisefaulen Exzentrikers, der sich von Yoko Ono wünschte, daß sie am Lago di Como beim Concorso d'Eleganza, einem Schönheitswettbewerb für Oldtimer, Fotos schoß. Auch das war eine Idee von Geoffrey. Es werde gutes Geld dafür geben, sagte ich und nannte einen Betrag. Selbstverständlich würde ich auch für alle Spesen aufkommen und ihr meinen Sekretär abtreten, für die gesamte Dauer der Reise, die in zwei Stunden beginne, da sei schon alles gebucht. Zwar könne ich Geoffrey kaum entbehren, doch sei mir, schleimte ich weiter, so ungewöhnlich viel Gutes über Yoko Onos künstlerische Mehrfachbegabung zu Ohren gekommen, daß ich dieses persönliche Opfer gerne darbrächte, mit einem lachenden und einem weinenden Auge, und ich würde mich schon auf die Aufnahmen freuen. Ich sei nämlich Autoliebhaber.

Weshalb ich denn dann selbst nicht mitkäme, wollte Yoko Ono wissen.

Ach, sagte ich, ich sei auch Musikliebhaber. In der Great Hall des Alexandra Palace steige eine Fourteen-Hour Technicolor Dream Extravaganza, und da würde ich dann doch lieber hingehen als auf eine italienische Gebrauchtwagenausstellung.

»That's pretty cool«, sagte Yoko Ono. Sie habe da heute abend eigentlich auch noch hingewollt, um sich vom Publikum mit einer Schere die Kleider vom Leibe schneiden zu lassen, aber was sei so etwas schon gegen eine Reise nach Italien!

Er wolle nicht stören, sagte ein Störenfried, der schon seit längerem um uns herumgetänzelt war. Richard Ingrams. Der nun wieder! Ob wir, also diese junge Dame und ich, uns vorstellen könnten, für sein Magazin als Paar des Jahres zu posieren, fragte er. Die Beauty Queen aus dem Reiche Nippons und der neue Nostradamus Billy Shears. Was wir davon hielten, wir zwei Gurretäubchen.

Auf härteren Granit hätte Richard Ingrams auch mit einem Heiratsantrag an die Queen Mother nicht beißen können. Yoko Ono rutschte die Hand aus, Richard Ingrams lernte etwas über Konzeptkunst, und ich war so frei, mich zu empfehlen und per Taxi zum Ally Pally zu düsen.

Am Eingang wurde man von Hoppy Hopkins und Suzy Creamcheese mit Handschlag und Küßchen willkommen geheißen, auch wenn man nur ein einziger von zehntausend Gästen war. Gleich vor mir in der Schlange stand der maximal zwanzig Jahre alte Nik Cohn, den außer mir natürlich kein

Mensch kannte. Und nur ich wußte, daß in diesen Räumlichkeiten im Dezember 1976 die erste Christmas Beatles Convention stattfinden sollte.

In einem Iglu aus Fiberglas saßen Hippies und verschenkten Bananenschalenjoints, aber hier mußte man bloß einatmen, um high zu werden. Es gab Räucherstäbchen zu kaufen und Skulpturen menschlicher und tierischer Geschlechtsorgane, und auf einem Plakat war zu lesen: »Vietnam is a sad trip.« Mitten in der Halle stand eine spiralförmige Riesenrutschbahn.

Look out helter skelter …

Auf den beiden Bühnen, die einander gegenüberlagen, wetteiferten Leute, vor denen ich meine Eltern gewarnt hätte, um die Lärmhoheit. Auf einer dritten Bühne in der Mitte wurde Striptease getanzt: David Medalla and the Exploding Galaxy Dance Troupe. »Now we're conquering the planet«, hörte ich beim Bierholen Mick Farren von den Social Deviants sagen, hinter mir, und mein Herz schlug höher, obwohl ich es besser wußte: Auch im frühen 21. Jahrhundert würde unser Planet den Plattenbossen gehören. Nur daß die dann anders hießen.

Ich wanderte von einem Act zum andern und sah mir auch die putzigen, auf Laken an der Wand projizierten Experimentalfilme an: Kugeln, Kreise, Punkte, Wellen und Wolken waren da zu sehen, aber auch Rolltreppen, Gemüse, Omnibusse, Regenbögen, Hände, Rauch und ein im Zeitraffer erblühender Apfelbaum. Unter einer der Bühnen war eine schwule Sex-Orgie im Gange.

Als ich in einer Menschentraube Marc Bolan erspäht hatte, alive and kicking, drängelte ich mich zu ihm durch und warnte ihn vor seinem tödlichen Verkehrsunfall: Eine im Weg stehende Eiche am Queens Ride in Barnes werde seinem Leben am 16. September 1977 gegen fünf Uhr morgens ein Ende setzen.

»If I was going to die in a car crash, it ought to be a Mini«, sagte er. »I think I'd like that.«

Alles übrige habe ich nur unscharf in Erinnerung, weil ich ein Tablettchen eingeworfen hatte, doch ich weiß noch, daß Keith Moon auf mich zugekommen war. Er hatte Ähnlichkeit mit mehreren Tieren, war aber eindeutig Moon the Loon, auch mit Pudelschnauze, Giraffenhals und Löwenschwanz.

»Ain't you that Billy Shit-in-the-ears or somethin' everyone's talkin' about?« fragte mich der Pudelgiraffenlöwe, der blau war und alles über seine Zukunft wissen wollte, und ich blieb ihm keine Antwort schuldig, auch die letzte nicht: Er solle sich vor dem Medikament Heminevrin in acht nehmen, sonst werde seine Verlobte Annette Walter-Lax ihn nach seinem Besuch der von Paul McCartney veranstalteten Buddy Holly Convention Party in der Upper St. Martin's Lane am 7. September 1978 tot im Bett vorfinden.

»Crikey! Bother! Blast!« rief er aus. »Hoity-toity! Too bad! Indeed! Come, come! O dear! O what a pity! How on earth! What now? That's terrific! Poor old me!« Dann ging er tanzen, und ich ging rutschen.

Unten blieb ich liegen und reifte in Rückenlage zu einem strengen Kritiker der Schuhsohlen aller Leute heran, die über mich hinwegsteigen mußten. Gott allein weiß, wie lange ich da lag. Ich sah nur noch Schuhsohlen. Manche hatten Reißzähne und schnappten nach mir, was mir nicht behagte, und blutige Zungen, mit denen sie mir übers Gesicht lecken wollten, was mir ebensowenig behagte.

Schemenhaft im Gedächtnis geblieben sind mir dann noch Arthur Browns brennender Helm und die Morgensonnenscheinreflexe auf Syd Barretts Telecaster, als Pink Floyd

»Astronomy Domine« spielten, und mein hilfloser Versuch, Graham Bond beim Tanzen davon abzuraten, sich am 8. Mai 1974 in der Station Finsbury Park vor die U-Bahn zu werfen. Und wie ich, weil die Show finanziell ein Desaster war, Hoppy Hopkins zehntausend Pfund zusteckte, als ich ging.

»Garn!« stieß er hervor und sah mich ungläubig an. »Did you win in a raffle? Thanks ever so, ta!«

Im Radio wurden jetzt fast stündlich neue Bulletins durchgegeben: John Lennon habe um ein Glas Wasser gebeten, hieß es, und dann, das sei gar nicht wahr; er habe nur mehrmals den Mund auf- und zugemacht. Dann verdichteten sich die Gerüchte, daß Brian Epstein in wenigen Stunden eine große Pressekonferenz abhalten werde, im Saville Theatre, und es wurde darüber spekuliert, ob vielleicht sogar John Lennon daran teilnehmen werde. Darauf folgte das Dementi eines Krankenhaussprechers: Auch wenn es gewisse Anzeichen für eine geringfügige Besserung geben möge, sei John Lennons Gesundheitszustand unverändert ernst. Dann aber wollte jemand läuten gehört haben, daß John Lennon, nach Berichten von Insidern, in Wirklichkeit schon längst wieder auf dem Posten sei und sich auf einem Bauernhof in Österreich erhole …

Auch wenn es größtenteils Märchenerzählungen waren, fieberte ich der jeweils nächsten entgegen und lief dabei nägelkauend in meiner Bude herum. Die Beach Boys traten im Hammersmith Odeon auf, The Jimi Hendrix Experience im Saville Theatre und The Brian Auger Trinity im Speakeasy, und ich ging nicht hin. Irgendwann in diesen Tagen – das genaue Datum habe ich nie herausbekommen – stieg Andy

Warhol mit seinem Wanderzirkus in London ab und sprach in Robert Frasers Wohnung mit Brian Epstein über eine England-Tournee von The Velvet Underground, und Nico, »die vollkommene arische Eisprinzessin«, wie Leonard Cohen sie genannt hatte, zog bei Paul McCartney ein. Ich hätte sie irgendwo abfangen und vor ihrem tödlichen Fahrradunfall auf Ibiza warnen können und Andy Warhol vor dem Attentat von Valerie Solana, doch ich blieb im Ritz und hörte Radio. Letzte Meldung: Rings um das Middlesex Hospital sei der Verkehr zusammengebrochen, weil ein Patient, in dem viele John Lennon erkannt zu haben glaubten, dem Volk aus einem Fenster mit einem weißen Taschentuch zuwinke.

Hoch und höher schlug mein Herz, und zum hundertsten Male las ich mir Geoffreys Kärtchen aus Rimini durch: Er zeige Yoko Ono jetzt, wie zwischen uns verabredet, das ganze schöne Italien und werde sich Anfang Mai telefonisch bei mir erkundigen, ob ich seine Rückkehr nach London wünschte und wie er fernerhin mit seiner Urlaubspartnerin verfahren solle. Die Reisekasse, die er sparsamst verwalte, sei noch immer wohlgefüllt.

Allerletzte Meldung: Entgegen der letzten Meldung handele es sich bei dem Mann, dessen vermeintliches Winken aus dem Krankenhausfenster zu einem Volksauflauf vor dem Middlesex Hospital geführt hatte, nicht um John Lennon, sondern nur um einen Pfleger, der einige Staubtücher ausgeschüttelt habe.

Um einem Nervenzusammenbruch vorzubeugen, lief ich auf den Balkon und verordnete mir eine Urschreitherapie. Die half mir aber auch nicht weiter, und so straußenlederstiefelte ich doch wieder zum Bag O'Nails, wo ich mein Fracksausen mit Scotch zu kurieren versuchte und halblaut die böse Fee Aurelia verwünschte.

»Hab ich da richtig gehört?« fragte jemand, der neben mir am Tresen stand. Ein Deutscher. Gardemaß, eins neunzig, Mitte Fünfzig, Backenbart und gutmütige Augen, aber ein Gesicht wie eine Hafenkneipe, Eingang um die Ecke, zur Zeit umständehalber geschlossen. Ob ich etwa eine auf Zeitreisen spezialisierte Fee namens Aurelia gemeint hätte, fragte er. Die kenne er nämlich.

Meine Nackenhaare sträubten sich, und meine Knie wurden weich.

Gunther Williams sei seit letztem Jahr sein Name, sagte er. Noch so ein Willi! Bibliothekar in Oldenburg sei er gewesen und habe im Sommer 2004 einen Abstecher nach Hamburg unternommen, Aurelia beim Bier im Familien-Eck in Altona das passive Abseits erklärt und zur Belohnung drei Wünsche erfüllt bekommen – eine signierte Erstausgabe der Günter-Netzer-Biographie »Rebell am Ball«, eine Akkreditierung als Fotoreporter bei der WM '66 und ein Zeitreiseticket. Aurelia war eine großzügige Fee. Gunther Williams wiederum war ein großer Fußballfan und seit 1966 über das dritte Tor verärgert gewesen, das der Engländer Geoff Hurst im WM-Endspiel gegen Deutschland erzielt hatte: Da sei der Ball in der 101. Minute der Verlängerung von der Latte abgeprallt und von der Torlinie zurück ins Feld, der Verteidiger Wolfgang Weber vom 1. FC Köln habe den Ball ins Aus geköpft, aber der sowjetrussische Linienrichter Bachramow und der Schweizer Schiedsrichter Gottfried Dienst hätten den Lattenschuß als Treffer gelten lassen, und die deutsche Elf um Tilkowski, Beckenbauer, Weber, Overath und Seeler habe sich unverdientermaßen auf der Verliererstraße wiedergefunden.

»Und jetzt halt dich fest«, sagte Gunther. »Ich hab mit meiner Kamera beim Endspiel auf meinen Einsatz gewartet und wollte das erste Originalbeweisfoto vom sogenannten dritten

Tor aufnehmen, aber das berühmte dritte Tor ist nicht gefallen!« Die Begegnung sei nach regulärer Spielzeit 2:1 für England ausgegangen. Ein gestochen scharfes Foto habe er zwar von Uwe Seelers unvorhergesehenem Fallrückziehertor in der 44. Minute geschossen, doch dieser Anschlußtreffer habe der Partie in der zweiten Halbzeit keine Wendung zum Besseren mehr geben können. »Ihr habt euern Kaffee aber auf, hab ich nach dem Schlußpfiff gedacht. 2:1 für England! Das hab ich bis heute nicht gewuppt.«

Ja, wenn man sich einmischte in die Vergangenheit, war sie nicht mehr dieselbe, das hatte ich auch schon gemerkt. Ich weihte meinen neuen Freund in meine eigenen schmutzigen Geheimnisse ein, wobei die Zeit verflog wie nichts. Als der Club seine Pforten schloß, zogen wir in meine Nobelherberge um und kamen bei Champagner, Gras und Snacks und einer taufrischen Platte von Simon & Garfunkel vom Hundertsten ins Tausendste.

Sein Stammlokal, sagte Gunther, sei das Horseshoe Hotel, ein Pub in der Tottenham Court Road. Ins Bag O'Nails gehe er gelegentlich, weil dort auch die netten Kicker von Arsenal London abhingen, aber die Drinks im Bag O' seien ihm zu kostspielig. Er hatte nicht daran gedacht, Aurelia um Bargeld zu bitten. Seit dem Schlußpfiff in Wembley halte er sich mit Sportergebniswetten über Wasser, eher schlecht als recht, weil die Vergangenheit dazu neige, etwas anders als erwartet zu verlaufen, doch er fühle sich hier auch nicht fehl am Platze. England und die Engländerinnen hätten es ihm angetan. Dreimal sei er schon als unerwünschter Ausländer nach Deutschland abgeschoben worden, aber mit ein bißchen Glück im Spiel und in der Liebe auch dreimal wieder heimgeschippert.

I gaze beyond the rain-drenched streets to England where my heart lies …

Durch das Fenster meiner Augen sah ich Gunther eine Salzbrezel zerkauen. Zur Linderung seiner Geldnot schob ich ihm ein paar tausend Pfund rüber, und im Gegenzug lud Gunther mich ins Wembley-Stadion ein, zu einer Bratwurst beim Pokalfinale.

He was a real Nowhere Man. Just like me.

Ein dickbäuchiger Taxifahrer schwörte im Fernsehen Stein und Bein, daß er am Nachmittag einen munteren, mit Einkäufen bepackten und zu Scherzen aufgelegten John Lennon vom Oxford Circus zum Middlesex Hospital gefahren habe. Geoffrey rief an, aus Palermo, und ich sagte ihm, er dürfe, wenn er es noch aushalte, Yoko Ono gerne auch das schöne Griechenland zeigen. Der Piratensender Radio London meldete, daß John Lennon in den letzten vierundzwanzig Stunden u. a. in Bristol, Kopenhagen, Rio de Janeiro und Los Angeles gesichtet worden sei, und die *Times* zitierte Cynthia Lennon mit den Worten, daß sie es leid sei, all diese Lügen zu hören. Und dann beehrte mich mein alter Freund Willibald mit seinem Besuch, um mir eine Wandergitarre zu kredenzen, als kleine Aufmerksamkeit, weil ich doch sehr viel durchgemacht haben müsse in den letzten Tagen, und um mich nach Mayfair zu verschleppen, in den Variety Club des Dorchester Hotels, zur Jahresgala der britischen Plattenindustrie. Da werde es mir gefallen, sagte Willibald, und er brenne darauf, mir seine Verlobte vorzustellen. Die sei noch auf einem Bauchtanzkurs und werde irgendwann zu uns stoßen. »Und übrigens, was die umlaufenden Gerüchte über John Lennons Genesung betrifft, da muß ich dich leider enttäuschen. Wie mir noch vor einer halben Stunde ein Blick in meine Wahrsagekugel verraten hat, sind das alles Latrinenparolen. An John Lennons Zustand hat sich nichts geändert. Und die Heilpraktikerin Yoko hast du ja dankenswerterweise auf eine längere Bildungsreise geschickt.«

Wenn das so weiterging, würde ich Yoko Ono zurückholen müssen, wohl oder übel. Oder log Willibald mich an? Ob auch ich mal einen Blick in seine ominöse Wahrsagekugel werfen dürfe, fragte ich ihn.

»Darauf habe ich gewartet«, sagte er, »und es wär schon lustig, zusammen mit dir zu beobachten, was manche Leute so treiben, wenn der Tag lang ist! Monsieur Valéry Giscard d'Estaing zum Beispiel, o mon Dieu! Oder Franz Josef Strauß – uiuiui! Oder Elvis ... oder Charlie Chaplin ... du würdest Augen machen! Aber wie du dir wohl schon gedacht hast, stehen einem gemeinsamen Fernsehabend von Billy und Willi schwerwiegende ethische und datenschutzrechtliche Erwägungen entgegen. Und einem Spitzbuben wie dir würde ich zutrauen, daß er das süße Kügelchen mitten in der Show mit Natronlauge übergießt und mit Hammerschlägen traktiert. Nee, nee, mein Gutester. Dieses Risiko kann ich nicht eingehen.«

Soso.

Auf der Gala machte er mich mit seinen neuen Freunden Tom Jones und Sandie Shaw bekannt, aber kugelrunde Augen kriegte ich erst, als Willibald mich seiner Verlobten vorstellte: »May I introduce to you an old friend of mine, Mister Billy Shears«, sagte er zu ihr, »and may I introduce to you, dear Billy, Miss Gayleen Leighton, my fiancée ...«

Gayleen. Ich wurde rot. Sie auch. Wir tauschten einige Höflichkeitsfloskeln aus und gingen dann rasch auseinander. Wenn Willibald beabsichtigt hatte, mich zu demütigen, dann war es ihm gelungen.

»Hey, Billy, come over here«, rief Jimi Hendrix, leckte sich den fettigen linken Daumen ab und gab mir, noch kauend, den Rat, am Büfett von der Wildpastete zu kosten. Das sei die beste und feinste Wildpastete, die er je gegessen habe. Und ob ich schon die neueste Neuigkeit gehört hätte: John Lennon werde am 14. Mai in Wembley auftreten, beim Annual Poll-Winners All-Star Concert des *New Musical Express*.

Das glaub ich erst, wenn ich's sehe, dachte ich und erkundigte mich nach der Herkunft der Neuigkeit.

»Oh, everybody says so«, sagte Jimi Hendrix.

»Even Paul McCartney?«

Jimi Hendrix seufzte. Mein Problem, sagte er, bestehe darin, daß ich viel zu mißtrauisch sei und immer nur das Schlimmste befürchtete. Und jetzt solle ich mich entspannen und mich über die verfickte Wildpastete hermachen. Die sei bald alle.

Das Konzert in Wembley, mit den Beach Boys, der Spencer Davis Group, Paul Jones, dem Alan Price Set, Dusty Springfield, Cliff Richard, Cat Stevens, den Small Faces, den Troggs, den Tremeloes, Stevie Winwood, Georgie Fame, Cream, Geno Washington und der Ram Jam Band, Lulu, Jeff Beck und den Dubliners war fantastisch, aber eine einzige lange Qual, wenn man dabei vergebens auf John Lennons Auftritt wartete.

Ich mußte dann viel Schmiergeld opfern, um in Wembley zur Garderobe der Small Faces vordringen und mein Verslein aufsagen zu können: Am 20. April 1991 werde Steve Marriott in seinem Landhaus mit brennender Zigarette einschlafen und die Nacht nicht überleben.

»Right on your Fuhrer's birthday, Fritz? Whoo-hoow, that's weird«, rief Ronnie »Plonk« Lane, dem es beschieden war, am 4. Juni 1997 in Trinidad an multipler Sklerose zu versterben. Wie gewonnen, so zerronnen waren mein Kredit und mein Ruhm als Wahrsager. Sie nahmen mich nicht für voll, die Brüder, aber ich hatte meine Pflicht und Schuldigkeit getan.

Danach hing ich im Bag O'Nails mit Chas Chandler, Eric Burdon und der Fotografin Linda Eastman ab, der ich nicht verschwieg, daß ihr Freund Tim Buckley am 29. Juni 1975 in Santa Monica an einem mit Kokain verwechselten Gemisch aus Heroin und Morphium sterben und sein Sohn Jeff am 29. Mai 1998 nach einer Session nicht weit von Memphis im Mississippi ertrinken werde.

»Gossip«, sagte sie und kehrte mir für den Rest der Nacht den Rücken zu.

Zwei Séparées weiter gossen Paul McCartney und Tony Bramwell Scotch and Coke in sich hinein, und mir kribbelten die Beine. Ich wartete auf Paul McCartneys ersten Flirt mit Linda Eastman, seiner zukünftigen Frau, der hier und heute stattfinden sollte.

And now the thought of meeting you makes me weak in the knee.

Der große Moment kam, als Linda zum Lavatory ging und von Paul McCartney aufgehalten wurde: »Oops, sorry! Hi, I'm Paul McCartney. How you're doing? Let me take you away from all this …«

Er schlug ihr vor, ins Speakeasy umzuziehen, und sie willigte ein. Nichts ist schwerer von A nach B zu bewegen als ein angezwitscherter Schwarm Nachteulen; es sei denn, Paul McCartney ist der Anführer. Eine halbe Stunde später setzte ein Kellner uns im Speakeasy Pfeffersteaks mit Pommes, Erbsenpüree und gebratenen Zwiebeln vor, und wir hörten einen brandneuen Hit, der noch so einiges zur Bevölkerungsexplosion beitragen sollte. Als einziger Gast, der ihn schon kannte, sang ich mit.

We skipped the light fandango … turned cartwheels cross the floor …

Welche Band das sei, fragte mich Paul McCartney.

»Procol Harum!«

»Protocol what?«

»Procol Harum!«

»Procter Arab?«

»No! Procol Harum!«

»Procol Harem?«

»Harum!«

»Procol Harem! Got it! I dig 'em!«

Wie es denn John Lennon gehe, fragte ich.

»Oh«, sagte Paul McCartney, bevor er sich wieder der zukünftigen Mrs. McCartney zuwandte, »he's getting better all the time.«

Nun gut. Ich ging, bevor es ihm einfiel, die ganze Clique zur Besichtigung seiner Magrittes zu sich nach Hause einzuladen.

Wenn Paul McCartney die Wahrheit gesagt hatte, mußte bald die amtliche Bestätigung kommen, doch die Tage verstrichen, ohne daß sich etwas tat. Jedenfalls nichts Gutes: Anläßlich des Erscheines von »Sgt. Pepper« hätte am 19. Mai 1967 in Brian Epsteins Haus eine Launching Party steigen sollen, und da stieg auch eine, aber was bis auf die Straße tönte, war Muzak: »Mull of Kintyre«, over and over.

Ich stand draußen, im Regen.

There's nothing for me here so I will disappear …

Anderntags hätte der DJ Kenny Everett in seiner BBC-Show »Where It's At« das »Sgt. Pepper«-Album vorstellen sollen, das ich verhindert hatte, und ich ahnte schon, was er statt dessen auflegen würde. Um mich abzulenken, leistete ich Gunther Williams Gesellschaft beim Pokalfinale, das um drei Uhr nachmittags in Wembley angepfiffen wurde: Tottenham Hotspurs gegen Chelsea.

Die mit den marineblauen Hosen seien Tottenham und die mit den königsblauen Stutzenstreifen Chelsea, sagte Gunther, bevor er Bier und Bratwürste holen ging, und als er wiederkam, erteilte er mir die nächste Lektion: Tottenham sei 1882 von den Youngstern des Hotspur Cricket Club gegründet worden und habe 1909 erstmals in der First Division gespielt. Es sei das allererste Pokalderby zwischen zwei Londoner Vereinen, und es werde sehr wahrscheinlich 2:1 für Tottenham ausgehen. »1:0 Robertson in der 44. Spielminute, 2:0 Saul in der 68. Minute und in der 85. Minute 2:1 durch ein Kopfballtor von Tambling, aber wie wir wissen, ist kein Verlaß mehr auf die Bücher. Hinten kackt die Ente!« Alles hänge davon ab, wie der Schiedsrichter seine Sache machen werde, Mr. Dagnall aus Bolton.

Mr. Dagnall gewährte Tottenham in der 6. Spielminute einen Foulelfmeter, und Tottenham ging mit 1:0 in Führung, aber in den nächsten zwanzig Minuten liefen die Spieler von Chelsea zur Form ihres Lebens auf und trafen dreimal ins Schwarze. In der zweiten Halbzeit fielen keine Tore mehr. Als der Herzog von Kent dem Kapitän von Chelsea den Pokal überreichte, faßte Gunther sich an den Kopf und rief, daß er die Welt nicht mehr verstehe.

Wir fuhren zum Horseshoe Hotel, wo Gunther sich beim

Dünnbier in Wut redete. Wenn die Vergangenheit jetzt wieder völlig offen sei, sagte er, dann habe ja auch Johan Cruyff noch eine neue Chance, 1974 Weltmeister zu werden. Das sei ein kleiner Trost nach der heutigen Blamage der Tottenham Hotspurs. Johan Cruyff sei der kommende Mann.

Weil uns die Flötentöne im Horseshoe nervten, zogen wir um und ließen den Abend auf Gunthers Wunsch im Ye Old Cheshire Cheese Pub ausklingen, im Wine Office Court, Ecke Fleet Street. Da mußte man über Sägespäne zum Tresen schreiten. Ich ließ mich auf einem Barhocker nieder.

»Ins Cheshire Cheese«, sagte Gunther, nachdem er zwei weitere Dünnbiere bestellt hatte, »sind schon Samuel Johnson und James Boswell eingekehrt, um hier zu bechern und zu essen.«

»Hoffentlich nicht vom Fußboden«, hörte ich Billy Shears sagen. Ich legte keinen Wert auf die Bekanntschaft mit Samuel Johnson, weil ich wußte, daß er im Jahre 2002 in der sechsten Auflage der Great Rock Discography von Martin C. Strong keinen Platz finden würde zwischen Robert Johnson und Grace Jones. In dieser Bibel, die ich auswendig kannte, würde es auch für James Boswell sehr eng werden zwischen Boston und David Bowie.

Wenn er sein Geld nicht inzwischen verjuxt hätte, sagte Gunther beim dritten Bier, dann würde er am 25. Mai nach Lissabon fliegen, zum Endspiel um den Europapokal der Meister zwischen Celtic Glasgow und Inter Mailand, und am 31. Mai nach Nürnberg zum Endspiel um den Europapokal der Pokalsieger zwischen den Glasgow Rangers und dem FC Bayern München mit der revolutionären neuen Achse Maier–Beckenbauer–Müller.

Ich besserte Gunthers Kasse wieder auf. »Take that. You'll never walk alone.«

Er runzelte die Stirn. Dann nahm er das Geld an sich und sagte: »Pop goes the weasel. Oder nit?« Bevor er aufbrach, wünschte er mir »immer eine Handbreit Wasser unterm Kiel« und riet mir, doch einfach selbst eine Band zu gründen und mit der die noch fehlenden Beatles-Songs einzuspielen.

Ja, das war eine Überlegung wert, aber schon am nächsten Morgen änderte sich die Sachlage: Ein Bild ging um die Welt, das John Lennon zeigte, im Krankenbett, wach, mit einem matten Lächeln auf den Lippen. Mister Lennon sei noch schonungsbedürftig, werde aber in wenigen Tagen aufstehen und in absehbarer Zeit auch seine Arbeit wiederaufnehmen können, versicherte irgendein Chefarzt, und auf allen Kanälen wurden die Freudentänze der Jugend gezeigt.

Willibald rief mich an. »Komm jetzt nicht auf dumme Gedanken«, sagte er. »Du hast ja gehört, daß der Mann seine Ruhe braucht. Also misch dich nicht in Dinge ein, von denen du nichts verstehst.«

Aber ich wollte mich ja gar nicht einmischen. Ich wollte abwarten und Tee trinken. Und wenn John Lennon wieder fit war und die Beatles wieder anfingen, wo sie aufgehört hatten, würde Billy Shears sich zur Ruhe setzen.

Am 1. Juni hätte »Sgt. Pepper« erscheinen sollen, doch auf Platz 1 in den Charts stand »Mull of Kintyre«, und ich fühlte mich krank. Ich hatte Heimweh, schon seit einigen Tagen. Ja, ich gebe es zu, ich wollte nach Hause, zu meiner Mami, die mich noch gar nicht geboren hatte.

Um sie besuchen zu können, hatte ich einen Flug nach Berlin gebucht – a hop across the Channel –, und dann war ich im Kempinski abgestiegen und mit einem Taxi nach Dahlem gefahren, zum Bachstelzenweg. Und da sah ich sie, auf der Gartenterrasse, beim Kartoffelschälen.

Once there was a way to get back homeward …

Meine Mutter. Ich hätte sie gerne umarmt, aber ich war ja nur ein Zaungast aus der Zukunft, der besser damit aufhören sollte, über die Berberitzenhecke zu gaffen. Ich hatte hier nichts verloren, sondern nur etwas abzuliefern.

»Ich hab hier was für Sie!« rief ich meiner Mutter zu.

Sie sah herüber, stellte die Kartoffelschüssel weg und kam zum Gartentor. Sie war so jung, daß sie schwarzweiß hätte sein müssen, wie auf den alten Fotos.

»Sie haben in der Lotterie gewonnen«, sagte ich. »Würden Sie das hier freundlicherweise annehmen? Es ist der Hauptgewinn.« Ich gab ihr einen dicken Umschlag mit einer Million Mark in großen Scheinen.

»Hä? In was für 'ner Lotterie denn?« fragte meine Mutter, als ich ihr den Umschlag überreichte. Darauf ging ich aber gar nicht ein. Ich haute ab, so schnell ich konnte.

Im Hotel bestellte ich mir eine Flasche Whiskey und ein Wiener Schnitzel aufs Zimmer, aalte mich lange in der Badewanne und freute mich beim Aussteigen auf das historische deutsche Fernsehprogramm, aber im ZDF war schon Sendeschluß, und im Ersten kam bloß noch argentinische Volksmusik zum Abschalten.

Beim Aufwachen hatte ich Kopfschmerzen und immer noch Heimweh, aber nach London. Am Abend würden Pink Floyd im ausverkauften UFO auftreten. Jimi Hendrix, Pete Townshend und die Yardbirds würden dabeisein, und ich könnte Keith Relf das Leben retten und ihn vor dem tödlichen Stromschlag bei der Berührung eines nichtgeerdeten Mikrofons am 14. Mai 1976 warnen.

Ich zog den Schlafzimmervorhang auf. Was hereinknallte,

war heißer, heller Junisonnenschein – das letzte, was ich gebrauchen konnte. Keith Relf mußte warten. Ich buchte telefonisch einen Tag dazu und einen anderen Flug und haute mich wieder aufs Ohr, bis zum späten Abend. Dann bekam ich Appetit auf eine primitive Senfbulette und ging auf die Straße, wo irgendeine Demonstration im Gange war, und ich kriegte auch prompt von einem berittenen Polizisten mit dem Schlagstock eins übergezogen, obwohl ich doch nur einen Happen essen wollte. Es schien ein schlechter Tag zu sein für Langhaarige, die vorhatten, irgendwo am Ku'damm einen kleinen Imbiß einzunehmen. Alles, was mir feilgeboten wurde, waren Prügeltrachten.

Well, you know, we all want to change the world …

Ich legte einen weiten Weg zurück, rennend zumeist, bis mich ein Bulle stoppte, der auch nicht gerade so aussah, als ob mit ihm gut Kirschen essen sei. Er zog seine Pistole, und noch bevor ich die Arme hochreißen und mich ergeben konnte, feuerte er auf mich ab.

Jetzt bist du tot, mein Lieber, dachte ich, das Opfer eines Pistolenschusses im geteilten Berlin, aber Strafe muß sein, erst recht für einen Übelmann wie dich, der besser nie geboren worden wäre, aber ich hatte nur einen oberflächlichen Streifschuß am linken Oberarm abgekriegt.

Irgendwer zerrte mich um die nächste Ecke. »Du blutest«, sagte der Mann. Er bugsierte mich in eine Kneipe, wo ich zur Abwechslung keine Schläge, sondern ein Pflaster erhielt, und er bestellte uns nach dem überstandenen Schrecken drei Pils; eins für sich, eins für mich und eins für meinen Schutzengel.

»Ich bin der Benno«, sagte mein Samariter beim Anstoßen.

»Angenehm«, sagte ich. »Billy.«

»Du hast Schwein gehabt. Der hätte dich totschießen können!«

Daß mir das nur recht geschehen wäre, brauchte ich diesem Benno ja nicht auf die Nase zu binden.

Am Flughafen kaufte ich mir, für bestimmte Zwecke, ein Smaragdkollier und außerdem ein *Merian*-Heft über London. In einem Artikel mit der Überschrift »Aufstieg und Fall von Swinging London« hieß es: »Die Beatles sind von der Szene abgetreten, und eine kleine Gruppe arroganter Oberschichtfiguren beherrscht wieder das Zentrum. Dynamik und Begeisterung sind verdunstet.«

Das wird sich noch zeigen, dachte ich. Aber da hatte ich den Brief noch nicht gelesen, den ich bei meiner Rückkehr im Ritz erhielt. Ich überflog ihn im Fahrstuhl, und fast wären mir die Beine weggeknickt: »Lieber Billy, the dream is over! Aber mach Dir nichts draus. Eines Tages wirst Du begreifen, daß die Stones eh schon immer die bessere Band gewesen sind. Jedenfalls ist Dein eigenes großes Werk erst jetzt vollendet. Peace! Mit schönen Grüßen, von Haus zu Haus: Dein Willibald, der stets ein Auge auf Dich hat.«

Was hatte das zu bedeuten? Ich hastete zum Fernseher, aber da kam nichts Weltbewegendes, und auch im Radio nicht ... bis irgendwann die Nachricht durchsickerte, daß John Lennon, der vor Gesundheit strotze, seiner alten Lebensweise abgeschworen und sich – sitzen Sie bequem? – der Heilsarmee angeschlossen habe. Das gehe aus einer Pressemitteilung von Brian Epstein hervor, die auch noch andere Hiobsbotschaften enthielt: Die Beatles hätten sich einvernehmlich getrennt. Paul McCartney plane eine Welttournee mit seiner neuen

Band, den Legs; George Harrison werde seinen Hauptwohnsitz nach Indien verlegen, und Ringo Starr trage sich mit dem Gedanken, als Produzent und Darsteller ins Filmgeschäft einzusteigen.

I read the news today, oh boy …

Bei meiner anschließenden Runde durch die Pubs goß ich reichlich Railroad Gin in mich hinein, denn ich hatte mir einen Katzenjammer im Satansmessenformat verdient.

Mittags brachte mir Geoffrey Tee und Buttertoast ans Bett. Das war zuviel für meinen Brummschädel. Wieso war Geoffrey plötzlich hier statt in Griechenland?

Zu seinem größten Bedauern, sagte er, sei es ihm nicht länger möglich gewesen, gemeinsam mit Miss Ono den Mittelmeerraum zu bereisen. In Piräus, einer Stadt, die in ihren Mauern, nebenbei bemerkt, höchst eindrucksvolle Denkmäler des Themistokles und des griechischen Seehelden Miaulis berge, habe die Nachricht von Mister Lennons Gesundung Miss Ono dazu bewogen, ihre Koffer zu packen und auf dem kürzesten Wege nach London zurückzukehren. An dieser Intention habe sie auch nach eindringlich vorgetragener Gegenrede beharrlich festgehalten, so daß er, Geoffrey, sich zum Einlenken gezwungen gesehen habe. Niemand hätte sich Miss Ono in den Weg stellen können, ohne zugleich den Boden der geltenden Gesetze zu verlassen. Zur Stunde weile sie vermutlich im Middlesex Hospital, wo man die Formalitäten zur Entlassung von Mister Lennon eingeleitet habe. Er werde dann, wie man sich allgemein erzähle, gar nicht erst sein Anwesen in Weybridge aufsuchen, sondern gleich ins Hauptquartier der Heilsarmee ziehen. Und ob ich jetzt Miss Onos Fotos vom Concorso d'Eleganza zu sehen wünschte?

Oh shit … Der einzige Vorteil, den diese jüngste Wendung mit sich brachte, war Geoffreys Rückkehr.

Schon am Abend brauchte ich ihn als Chauffeur. Im Saville Theatre spielten die Stormsville Shakers, Procol Harum, die Chiffons und die Jimi Hendrix Experience auf. Es war die Nacht, in der Jimi Hendrix seine eigene verzerrte Version von »Sgt. Pepper« dargeboten hätte, wenn die Welt nicht aus den Fugen geraten wäre. Wie ich mir schon gedacht hatte, interpretierte er statt dessen »Mull of Kintyre«, und ich biß die Zähne zusammen und zerbrach mir den Kopf darüber, wie ich nachher das Gespräch mit Paul McCartney, der hier mit Jane Asher irgendwo im Saal saß, eröffnen sollte. Wir kannten uns ja bereits flüchtig, aber wie und wo sollte ich anfangen? »Listen to me, Macca – there are still some songs waiting to be written and sung by Lennon & McCartney … Oh honey pie, my position is tragic … Please come and show me the magic of your Hollywood song, would you?«

Während Jimi Hendrix auf der Bühne seine Gitarre kaputtschlug, stellte ich mich einem der Angestellten als Eilbote vor, der Miss Jane Asher eine vertrauliche Nachricht zu überbringen habe, und nach einigem Hin und Her wurde ich zu einer Logentür geführt, vor der ich warten sollte.

Why leave me standing here … let me know the way …

Ein paar Sekunden später kam der Mann wieder heraus und brachte Jane Asher mit.

»Please excuse us, this is highly confidential«, sagte ich zu ihm und wartete, bis er außer Hörweite war. Dann übergab ich Jane Asher das Kollier und behauptete, ich sei der Kurier eines Bewunderers ihrer Schauspielkunst, der anonym bleiben, seine Verehrung aber doch gerne durch dieses Geschenk zum Ausdruck bringen wolle, und bevor Jane Asher Papp sagen konnte, war ich schon auf und davon.

Solche Schmuckstücke wurden ihr sicherlich nicht alle Tage nachgeworfen, nicht einmal von Paul McCartney. Die beiden würden reden über mich, und wenn ich mich nicht allzu dämlich anstellte, würden sie mich im späteren Verlauf der Nacht an ihren Tisch winken.

Aus sicherer Entfernung behielt ich die Treppe im Auge, über die Jane Asher und Paul McCartney irgendwann nach unten kommen mußten. Als ich die beiden erblickt hatte, heftete ich mich an ihre Fersen, zuerst zu Fuß und dann mit Geoffrey im Lotus hinter einem Taxi her, das Jane Asher und Paul McCartney zum 100 Club in der Oxford Street brachte.

Vor meiner Unterredung mit Paul McCartney stärkte ich mich mit dem Modecocktail der Saison: Wodka, Gin, Scotch und Tomatensaft mit Pfeffersoße und einem Schuß Champagner. The bloodiest Mary of them all. Als ich danach wieder Luft bekam, schlenderte ich durchs Lokal.

Auf meinem Radar leuchtete kurz das Gesicht von Keith Reid auf, der an der Bar mit einem androgynen Anonymus schäkerte, und dann entdeckte ich Paul McCartney und Jane Asher an einem Tisch in einer Nische, wo sie am Turteln waren. Ich stellte mich so hin, daß sie mich nicht übersehen konnten.

»Hey, you're the feller with that piece of jewelry, aint'yer?« rief Jane Asher, und schon saß ich bei ihr und Paul McCartney am Tisch. Mir schlug das Herz bis zum Hals.

»Calm down, buddy, calm down«, sagte Paul McCartney und wollte wissen, wer mein Auftraggeber sei.

»So sorry«, stotterte ich. »I can't discuss my clients, y'know ...«

Dann wurde Jane Asher von zwei Freundinnen begrüßt

und geherzt, und auch Paul McCartney hatte pausenlos Hände zu schütteln und Küßchen zu verteilen. Fast eine halbe Stunde lang mußte ich warten, bis ich ihn fragen konnte, wie es denn jetzt mit einem Comeback der Beatles aussehe und ob er sich vorstellen könne, noch ein paar Songs zusammen mit John Lennon zu schreiben.

»Aw, c'mon, man«, sagte Paul McCartney, »that's a bit thick. You can't reheat a soufflé.« Er sah mich dabei nicht an, sondern über meine Schulter hinweg, zu interessanteren Menschen als mir.

Okay. Er mochte mir glauben oder nicht, aber es war meine Pflicht, ihn vor seinen größten Fehlern zu warnen. Ich sei so eine Art Hellseher, sagte ich. Es werde böse Folgen haben, wenn er sich am 19. Juni gegenüber ITN News zu offenherzig über seinen LSD-Verbrauch äußere. Ende Juli 1972 werde man ihn in Göteborg wegen Drogenbesitzes verhaften, das nächste Mal im September 1972 und dann im März 1973 auf seiner Farm und noch einmal im März 1975 in Los Angeles. Er solle auch um Himmels willen im August 1973 nicht nach Nigeria reisen. Dort werde er seines Lebens nicht sicher sein, und man werde ihn ausrauben. Und er solle im Januar 1980 lieber ohne Marihuana im Gepäck nach Japan reisen, denn sonst werde er tagelang im Knast sitzen, statt mit seiner Band auf Tour zu gehen. Im Januar 1985 werde die Polizei seine Ferienwohnung auf Barbados nach Drogen durchsuchen. Und vor allem solle er sich die Rechte an seinen Songs nicht von Michael Jackson vor der Nase wegschnappen lassen.

»Michael who?«

»Jackson.«

»Rubbish. Never heard of him.«

»Neither have I«, sagte Jane Asher.

Und trotzdem, sagte ich, werde der besagte Michael Jackson am 6. September 1985 für 47,5 Millionen Dollar das Copyright an allen Beatles-Songs einsacken.

»The more the better«, sagte Paul McCartney. »That's a marvellous idea. But see, we're in a hurry now … we'd like to go.«

Er glaubte mir kein Wort.

I thought I knew you. What did I know?

Während Paul McCartney bezahlte, redete ich weiter auf ihn ein: Am 28. Juni werde seine alte Freundin Jayne Mansfield bei einem Autounfall sterben, wenn er ihr nicht rate, an dem Tag zu Hause zu bleiben …

»Do you really think so? Well, well«, sagte Paul McCartney und warf seiner Freundin einen Bände sprechenden Blick zu. »I'll think it over, man. Ta-ra for now! I'm all done in. Will you please excuse us for a moment? I'll give you a ring sometime.«

Die allerletzte Gelegenheit ergriff ich beim Schopf, als Jane Asher noch einmal zur Toilette gegangen war. Er solle sich im kommenden Sommer nicht von Jane Asher ertappen lassen, wenn er mit Francie Schwartz im Bett liege, flüsterte ich Paul McCartney zu.

»That's rich«, sagte er. »Francie who?«

Er werde sie am 4. Juni 1968 im Apple-Büro in 95 Wigmore Street kennenlernen, sagte ich.

»Apple? Do tell me all about it. What's Apple?«

Das führe jetzt zu weit, sagte ich, doch er werde noch an meine Worte denken.

»Yeah, man«, sagte Paul McCartney und steckte seine Zigarettenschachtel ein. »Once in a blue moon.« Und das war sein letztes Wort. Arm in Arm mit Jane Asher verließ er das Lokal, ohne sich noch einmal nach mir umzusehen.

Now, if you're blue and you don't know where to go to, why don't you go where fashion sits, puttin' on the Ritz …

Ich fragte Geoffrey, ob er mir bis morgen eine Paketbotenuniform beschaffen könne.

»Yes, sir«, sagte er. Sonst nichts. Ich meine, er hätte ja auch zurückfragen können, was zum Geier ich mit einer Paketbotenuniform anzufangen gedächte und ob ich die vielleicht für perverse Sexspiele benötigte, aber das wäre irgendwie nicht sein Stil gewesen. Diese britischen Butler waren wirklich Gold wert.

Viele Fehlschläge kannst du dir nicht mehr leisten, sagte ich mir, als ich morgens unter der Dusche stand und mich seelisch und gedanklich auf mein Rendezvous mit John Lennon einzugrooven versuchte.

Don't let me down …

Säuberlicher rasiert, bewässert und herausgeputzt war ich der Menschheit nie zuvor gegenübergetreten, jedenfalls nicht im Outfit eines britischen Postboten, der ein leeres Paket auszuliefern hatte. 275 Oxford Street. Dort, in den Salvation Army Headquarters, ging momentan auch Reginald Kenneth Dwight alias Elton John ein und aus. Noch war er arm wie eine Kirchenmaus, aber wenigstens niemand, um den ich mir Sorgen machen mußte. Der Vater von Steve Brown, dem Produzenten des ersten Albums von Elton John, leitete das Hauptquartier der Londoner Heilsarmee und wohnte in dem Flat obendrüber.

Sechzig, siebzig Teenies hatten sich vor dem Eingang zusammengerottet. Wir fuhren langsam vorbei. In der nächsten Querstraße hielt Geoffrey an, und ich machte mich mit meinem Paket auf den Weg zu John Lennon, doch ich wurde aufgehalten.

Von Wahrsagekugel-Willi. »Die Sache gestern im 100 Club war ein Verstoß gegen unsere Abmachung«, sagte er.

Abmachung? Welche Abmachung? Wir hatten einander gelobt, uns nicht gegenseitig das Leben schwerzumachen, und daran hatte ich mich gehalten, obwohl es mir zuwider war, in dem Bewußtsein leben zu müssen, daß ich Tag und Nacht als Amateurschauspieler in Willis fucking Wahrsagekugel gastierte.

Er war da anderer Ansicht. »Wir hatten doch abgemacht, die Vergangenheit auf sich beruhen zu lassen, aber du rührst immer wieder alles auf und stocherst in den kaum verheilten Wunden rum … Gestern hast du Paul zu bezirzen versucht, und heute willst du John belabern, stimmt's?«

»Ja«, sagte ich. »Stimmt. Und wenn du mich jetzt nicht sofort vorbeiläßt, werde ich zur nächsten Telefonzelle gehen und das Augenmerk von Scotland Yard auf eine Räuberhöhle lenken, die ein zwielichtiger Fremdling sich im Claridge's eingerichtet hat. Jemand, der sich sein Geld nicht durch ehrliche Arbeit verdient.«

»Das gleiche könnte ich von dir behaupten.«

»Dann tu's doch.« Ich stieß ihn weg und ging weiter.

»Das wird Folgen haben!« rief er.

Diese Folgen mußte ich eben in Kauf nehmen. Ich bahnte mir, Entschuldigungen murmelnd, einen Weg durch die Menge und drückte auf den Klingelknopf.

»No chance«, sagte ein Mädchen, das höchstens dreizehn war. Die würden niemanden reinlassen.

Ich hämmerte an die Tür.

Life is very short, and there's no time for fussing and fighting, my friend …

Eine grimmige ältere Dame öffnete die Tür einen Spaltbreit und untersagte mir das Hämmern, ließ mich aber ein. Der Rest war ein Kinderspiel, bis ich als Paketbote in einem winzigen Büro vor einem häßlichen Metallschreibtisch stand, hinter dem John Lennon saß und Umschläge frankierte. An der Wand hing ein signiertes Selbstporträt von Yoko Ono.

Ich hätte hier eine Lieferung der Luft, in welche sich die große Karriere eines gewissen John Winston Lennon aufgelöst habe, sagte ich und knallte das Paket auf den Tisch.

John Lennon sah auf. Er war blaß, und er trug eine komische Kurzhaarfrisur, die nicht zu ihm paßte. »Are you trying to be funny?« fragte er mich.

Unendlich oft hatte ich versucht, mir für diese Begegnung die richtigen Worte zurechtzulegen, und ich war jedesmal zu dem Schluß gelangt, daß es das beste sei, auf meine Eingebung zu vertrauen, doch im entscheidenden Augenblick stockte mir der Atem.

Listen to me one more time. How can I get through?

Ich, äh, äh, sei ein Zeitreisender aus der Zukunft, stammelte ich, während John Lennon das Fenster öffnete und mein Geschenkpaket hinauswarf. Und ich wisse besser als er selbst, daß die Beatles ihren Zenit noch nicht überschritten hätten und der Welt noch viele große Songs schuldeten und sich lieber wieder zusammentun sollten, Sir! »Try to see it my way. Only time will tell if I am right or I am wrong!«

»With the Beatles, you can count me out«, sagte John Lennon. »The Beatles thing, that was yesterday. Don't you know that Jesus is bigger than all of us?« Sein Interesse an den Beatles sei »nil and zilsh«. Er faßte mich am Arm und führte mich zur Tür. »Hush, hush, Mister Postman! Be on your way … and do me a favour, please – don't poke your nose into other people's business again.«

You say goodbye and I say hello, hello, hello …

Ich ginsterte herum. Ich hatte keinen Plan mehr. Sollte ich jetzt meine eigene Band gründen? Oder bestand noch irgendeine klitzekleine Chance, die Dinge wieder ins Lot zu bringen?

Everyone you see is full of life. It's time for tea and meet the wife.

Bloß nicht noch so ein toter Nachmittag im Ritz, dachte ich, als mir am Piccadilly Circus olle Patrick Barry in den Weg trat und mich fragte, wie es aussehe – ob ich wieder einmal ein Sümmchen für den Freiheitskampf der irischen Patrioten aus meinem Budget abzweigen könne? Oder ob es mir lieber wäre, den kapitalistischen Imperialistenknecht John Lennon mitsamt seiner Heilsarmeekapelle in die Luft fliegen zu sehen?

Nein, da wollte ich lieber zahlen. Aber wer hatte Patrick Barry den Floh ins Ohr gesetzt, daß mir gerade das Leben von John Lennon lieb und teuer sei? Das konnte nur Willibalds Werk sein, denn als Popdiskurstheoretiker hatte Patrick Barry sich bis dahin nicht hervorgetan.

Er kommandierte mich in eine Seitenstraße, wo er sich generöserweise und getreu seiner Salamitaktik mit dreihundert Pfund zufriedengab und mir den guten, mit einem Tritt in die Kronjuwelen bekräftigten Rat erteilte, niemandem etwas von unserer Handelspartnerschaft zu erzählen. »Don't do that on me, old boy«, sagte der Freiheitskämpfer. »A shut mouth catches no flies!«

Als ich daraufhin meinen alten Freund Tony Sanchez anrief und ihm mein neuestes Problem auseinandersetzte, bestellte er mich ins L'Hirondelle in der Swallow Street. »It's sort of pricey«, teilte er mir mit, »but you'll enjoy the show and the best food in the West End.«

Im L'Hirondelle stellte Tony mir drei muskulöse Gentlemen vor, die mit schwerverständlichen Grunzlauten ihr Interesse daran bekundeten, mich als Bodyguards zu beschirmen und jeden, der mir dumm komme oder mich auch nur schief von der Seite ansehe, im Bruchteil einer Sekunde zur Vernunft zu bringen oder mitleidlos zu filetieren. Und das traute ich ihnen auch zu. Randy, Mike und Sid: Mit diesen drei Pferdemetzgern, deren Gehaltsvorstellungen mir moderat erschienen, war ich vor allen Quälgeistern gefeit. Wir stießen mit mörderischem türkischem Likör auf das beschlossene Geschäft an und sahen einträchtig den Nackttänzerinnen zu, bis meine Leibwächter mit ihrem Vorschuß und jeweils einer Tänzerin in irgendwelchen Hinterzimmern verschwanden.

Diese Jungs verstünden ihr Handwerk, sagte Tony und schlürfte wohlgemut eine Auster aus.

Na dann. Ich buchte für jeden meiner Leibwächter ein Zimmer im Ritz und bat Geoffrey, den Jungs einen unauffälligen Wagen zu besorgen, in dem sie mir bei meinen Exkursionen folgen konnten, und mir selbst ein Gorillakostüm, bei Gerrard's in 61 College Place. Das zog ich an und ließ mich damit durch London chauffieren, stellvertretend für John Lennon.

Two of us riding nowhere, spending someone's hard earned pay …

Aber das brachte es nicht. Man hätte ein echter Beatle sein müssen, um Spaß daran zu haben. Als Normalverbraucher kam man sich dabei nur wie ein Aufschneider vor. Wie das elfte Rad am Wagen. Wie der dreizehnte Beatle.

Irgendwas mußte passieren. Doch wenn ich jetzt hinging und Sgt. Pepper's Lonely Hearts Club Band ins Leben rief, verbaute ich den Beatles endgültig die Möglichkeit, sich noch einmal zusammenzuraufen und die Songs, auf die es ankam, selbst zu schreiben. Ein paar Tage wollte ich noch warten. Tage, in denen John Lennon von Yoko Ono umschlichen und umschmeichelt wurde, wie ich wohl wußte, aber wenn er ihr tatsächlich ins Garn gehen sollte, konnte ich immer noch eine Band gründen. In vierzehn Tagen vielleicht. Auf alle Fälle noch im Sommer der Liebe.

Ich ließ mich treiben. In einer Kommune in der Cromwell Road schnitt mir Prinz Stanislaus Klossowski alias Stash de Rola persönlich die Fußnägel. Ich war auch dabei, als ein Pudel, dem Syd Barrett ein LSD-getränktes Stückchen Hundekuchen zu fressen gegeben hatte, kläglich jaulend Pirouetten drehte und im Dreieck sprang, bevor er sich aus dem Küchenfenster stürzte, und ich habe mir eine verhuschte Erinnerung an ein Gelage mit Tony Sanchez im polynesischen Restaurant im Mayfair Hotel bewahrt. In regelmäßigen Abständen donnerte dort ein künstliches Tropengewitter über die Tische hinweg, und das jagte mir irgendwann solche Angst ein, daß ich schreiend nach draußen rannte, wo Randy, Mike und Sid mich einsammelten. Und ich konnte von Glück sagen, daß sie die Geistesgegenwart besaßen, im Mayfair mein Jackett sicherzustellen, mit dem Zauberportemonnaie.

There were nights I don't remember and there's pain that I've forgotten. Other things I choose not to recall …

Dann rief Jimi Hendrix an und lud mich dazu ein, ihn und ein paar Freunde nach Kalifornien zu begleiten, zum Monterey Pop Festival. »We'll stake our claim on the future of rock, man«, sagte er, und da mußte ich nicht lange überlegen. In Monterey würde sich auch Bob Dylans allmächtiger Manager Albert Grossman herumtreiben. Das war einer, den ich als treibende Kraft für eine Wiedervereinigung der Beatles gebrauchen konnte. Und wenn auch der mir einen Vogel zeigte, würde Billy Shears mit seiner eigenen kleinen Beatles Revival Band an den Start gehen.

»Okay«, sagte ich. »I'm in.«

Am frühen Morgen des 13. Juni 1967 wartete unten ein Rolls-Royce auf mich, mit laufendem Motor und einem freien Platz für Billy Shears zwischen Jimi Hendrix, Noel Redding, Mitch Mitchell und Chas Chandler. Auf dem Fahrersitz wippte ein reiselustiger Mike Jeffery, der Manager der Animals. Meinen Leibwächtern hatte ich freigegeben. Ich nahm nicht an, daß Patrick Barrys langer Arm bis Kalifornien reichte.

Unterwegs wurden wir von einem anderen Rolls-Royce überholt, einem silbernen, aus dessen Seitenfenster uns Brian Jones sein nacktes, pelziges Hinterteil entgegenstreckte.

»Be sure to wear some flowers in your asshole«, brüllte Mike Jeffery, und Noel Redding erlaubte sich den Zwischenruf: »We don't need your buttocks to know which way the wind blows!«

In Heathrow hatten wir noch etwas Zeit bis zum Abflug. Jimi Hendrix suchte nach einem Buchladen, und bei einer Tasse Kaffee warnte ich Chas Chandler vor seinem Herzinfarkt am 17. Juli 1996 und Mike Jeffery vor dem Betreten der DC-9, die am 5. März 1973 in Mallorca starten und in der Luft mit einer französischen Militärmaschine kollidieren werde. An das Hohngelächter der Todgeweihten hatte ich mich allmählich gewöhnt. Am 4. Januar 1968, sagte ich zu Noel Redding, werde Jimi Hendrix in Göteborg sein Hotelzimmer verwüsten, und man werde ihn verhaften. Statt zu nicken oder mir zu antworten oder eine Aktennotiz anzulegen, brachte Noel Redding vor meiner Nase eine rosa Kaugummiblase zum Platzen, und da gab ich's auf. Sonst hätte ich ihm noch dazu geraten, spätestens Anfang Mai 2003 zum Arzt zu gehen.

TWA 707: Auf First-Class-Passengers wie uns schien das Flugpersonal von Trans-World Airlines in der Ausbildung nicht eingestimmt worden zu sein. Jimi Hendrix, der über Kopfhörer Al Jolson, Bach und Bing Crosby hörte und ein Taschenbuch von Isaac Asimov las, benahm sich fast noch am besten, wenn man von den Sprüchen absieht, mit denen er den verwirrten Stewardessen zusetzte. An Bord gekommen waren aber auch Brian Jones und Eric Burdon, beide wild dazu entschlossen, ihrem Ruf als Troubleshooter gerecht zu werden.

In Monterey, sagte Chas Chandler, werde Jimi Hendrix abheben. »It's gonna break him worldwide ...« Und dann, nach einem freundschaftlichen Streit über die Frage, wen Bob Dylan mit seinem Mister Jones gemeint habe, goß Brian Jones mir plötzlich einen halben Liter Whiskey über den Kopf, und Eric Burdon versuchte sich gewaltsam Zutritt zum Cockpit zu verschaffen, um das Flugzeug nach Woodstock zu entführen und Bob Dylan dort persönlich zu fragen. Doch für den Beruf des Luftpiraten war Eric Burdon nicht geschaffen. Noch während er an der Tür zum Cockpit rüttelte, mußte er sich übergeben, und er kam erst wieder zu sich, als wir uns im Sinkflug befanden und mein treues Portemonnaie sich von allein auf US-Währung umgestellt hatte.

Die Zollkontrolle dauerte, und es war stickig heiß. »Where yeh going?« fragte mich Chas Chandler. Er hatte einige Doppelzimmer im Buckingham Hotel reserviert, doch ich winkte ab. Am Abend würden wir uns im Tin Angel wiedersehen, und bis dahin wollte ich alleine sein und mir die Haare waschen.

»The Chelsea Hotel«, sagte ich, als ich im Taxi saß. »West 23rd Street 222.« Zwei Jahre zuvor hatte Bob Dylan dort einen seiner berühmtesten Songs verfaßt, stayin' up for days, writin' »Sad-Eyed Lady of the Lowlands« for Sara Lowndes. Und in ein paar Monaten würde Leonard Cohen dort Janis Joplin begegnen. Auch Patti Smith würde bald einziehen. In Zimmer Nummer 515 würde Jon Bon Jovi eines Tages den Hit »Midnight at Chelsea« schreiben, und Nancy Spungeon durfte davon ausgehen, am 12. Oktober 1978 in Nummer 100 von Sid Vicious erstochen zu werden. Noch so ein Termin, den ich mir freihalten mußte.

Ich kam unangemeldet, doch ich brauchte nicht öfter als dreimal in mein Portemonnaie zu greifen, bis ich mit einem Zimmerschlüssel in der Hand zum Fahrstuhl gehen konnte. Nach mir stieg noch jemand ein. Ich sah zweimal hin. Nein, kein Zweifel: Es war Leonard Cohen. Endlich einmal jemand, der auf sich selbst aufpassen konnte.

»Good afternoon, Mister Cohen«, sagte ich, als die Türen sich schlossen. »You're in town to read poetry to old ladies?«

Er mußte lachen. »Is that your view of my career?«

»No, not really … I'm your fan. I've read a lot of your poems. But I've thought you were, err, well, a little bit taller.« Was redete ich da für ein Zeug zusammen? Eine kurze Fahrstuhlfahrt mit Leonard Cohen, einmal im Leben, und dann das Thema Körperlänge aufs Tapet bringen, wie uncharmant!

»I used to be bigger«, sagte er, »but I've been sick. Just like some of my fans. Those old ladies, you know.«

»Remember me«, rief ich ihm nach, als er ausstieg. »Myself, I used to live for music!«

»You don't say!« rief er zurück. Er war tatsächlich kleiner, als ich ihn mir vorgestellt hatte, aber mit seinem dichten, schwarzen Haar und dem über die Schulter geworfenen Jackett wirkte er sogar in der Rückansicht beneidenswert attraktiv. A dark, human-sized, handsome and passionate thirty-something … und wieder einer mehr, der mich für meschugge hielt. Welcome to the Club.

Ich stellte meinen Koffer ab und pilgerte zum Dakota Building in der West 72nd Street, wo ich eine weiße Rose niederlegte und den Vorsatz faßte, spätestens am 8. Dezember 1980 wiederzukommen, um Mark David Chapman zu entwaffnen und ein ernstes Wort mit ihm zu reden.

Dann nahm ich ein Taxi zur 180 Thompson Street. Dort gingen so viele Desperados ein und aus, daß ich mich nicht eigens anzumelden brauchte. Ich stelzte durch eine Ansammlung halbnackter, sich auf dem Fußboden räkelnder Mädchen und fand Frank Zappa schließlich in der Küche. Er saß auf dem Kühlschrank und aß eine Birne.

Ich faßte mich kurz. Am 10. Dezember 1971 werde er im Londoner Rainbow Theatre in den Orchestergraben fallen und sich ein Bein brechen. Und 1991 … tja … ganz im Vertrauen … wie drückte man sich da aus? Diplomatisch? Nein. Je früher Frank Zappa von der Prostatakrebsdiagnose erfuhr, desto besser: »In 1991, confidentially speaking, you'll be battling prostate cancer.«

Von der Birne ließ Frank Zappa nicht einmal das Kerngehäuse übrig. Er lutschte den Stiel ab, schnippte ihn weg und bleckte die Zähne. »Well, Mister Wise Guy«, sagte er, »how come you know all this shit?«

Ich hatte ja inzwischen den Verdacht, daß meine Warnungen besser ankamen, wenn ich mir keine Gefühlsregung anmerken ließ. So als ob ich nur eine lästige Pflicht erfüllte, wie ein eiskalter Engel, der es vorgezogen hätte, unter seinesgleichen abzuhängen, statt vom Himmel hoch daherzukommen und den Menschen schöne neue Mär zu bringen von Orchestergrabenstürzen und Prostatakrebs. »Oh, it's just a hunch, Mister Unwise Guy«, erwiderte ich und deutete ein Achselzucken an. »But you may take it for granted.«

Danach hatte der unbequeme Mahner und Warner Billy Shears Feierabend und fuhr zum Tin Angel. Da gab es Junk food und 7-Up.

Er habe im Colony Record Centre mehr als dreihundert Dollar für Platten ausgegeben, erzählte Jimi Hendrix, und jetzt sei er bankrott.

Chas Chandler, der die Kriegskasse der Experience verwaltete, zählte ihm seufzend und widerstrebend $ 20 Taschengeld hin, was mir so schofel vorkam, daß ich die Summe auf der Herrentoilette unter vier Augen aufrundete, bis sie vierstellig war.

»Far out, Billy«, sagte Jimi Hendrix und gab mir einen Klaps auf die Wange. »Pretty far out.«

Er sah scharf aus in seinem buntschillernden Blumenjackett mit dem giftgrünen Schal, den weißen Hosen und dem goldenen Medaillon mit der Aufschrift »Champion Bird Watcher«. Als wir weiterzogen, drehten sich die Leute nach ihm um, und in der Bleecker Street waren augenblicklich alle Dealer hinter ihm her: »Hash or pot or acid, man?« Sie machten ein gutes Geschäft, und Chas Chandler wunderte sich, was man in New York für zwanzig Dollar so alles bekommen konnte.

Im Café a Go-Go trat der junge Richie Havens auf, der Jimi Hendrix vor noch gar nicht so langer Zeit nach Greenwich Village gelotst hatte. Als nach dem Gig die Party losging und ich schon ziemlich durch den Wind war, rühmte Jimi Hendrix meine Künste als Hellseher, der in die Zukunft, aber auch in die Vergangenheit sehen könne, und dann sollte ich irgendwas aus der Vergangenheit von Richie Havens aufrollen, als Beweis für meine seherischen Fähigkeiten.

Im Alter von sechs Jahren hatte Richie Havens Gehirnchirurg werden wollen, daran erinnerte ich mich noch aus seiner Autobiographie von 1999, und damit zog ich mich aus der Affäre.

Richie Havens sah mich ratlos an. »That's true«, sagte er, und wenn ich ihn jetzt vor etwas Zukünftigem gewarnt hätte, dann hätte er sich das gemerkt, aber mir fiel nichts ein.

Am nächsten Tag hatte Jimi Hendrix einen Vorstellungstermin bei der Konzertagentur Premier Talent. Was die anderen im Schilde führten, wußte ich nicht. Ich machte mich für meine Wallfahrt zu Louis Armstrong fein, kaufte dreißig rote Rosen und wurde ein paarmal angerempelt, wegen meiner langen Haare: Wo ich denn meine Stöckelschuhe gelassen hätte, höhö, und wieviel ein Nümmerchen mit mir koste. Einer dieser Hominiden spuckte mir sogar vor die Füße. Offenkundig war man 1967 in Manhattan zivilisatorisch noch nicht sehr viel weiter als am Ku'damm.

Der Taxifahrer, der sich schließlich dazu erbarmte, mich nach Queens zu bringen, hatte selbst lange Haare.

»To Corona«, sagte ich. »107th Street. Number 34–56.«

»Wanna say hello to Satchmo?« fragte er mich beim Zurücksetzen und Wenden. Er habe schon viele Fans zum Haus von Louis Armstrong gefahren, aber noch nie einen Weißen.

Da war ich baff. An Louis Armstrongs Hautfarbe hatte ich nie auch nur einen halben Gedanken verschwendet. Das konnte doch wohl nicht angehen, daß vor Billy Shears noch kein einziges Bleichgesicht zur 107th Street gewallfahrtet war, um Louis Armstrong zu huldigen … aber was wußte ich schon über diesen vorsintflutlichen Diskriminierungskäse? Vielleicht gab es hier noch Parkbänke, die »Whites only« vorbehalten waren. Und vielleicht legte Louis Armstrong gar keinen gesteigerten Wert auf die Ehrerbietung eines weißen Touristen …

Die Armstrongs wohnten in einem unscheinbaren Haus mit zwei Etagen. Ich klingelte und hielt mich an meinem Rosenstrauß fest.

Keiner zu Hause. Auch gut. Was hätten Louis Armstrong und Billy Shears schon miteinander zu bereden gehabt? Der Weltstar und der Lumpenhund?

Dann wurde die Tür aber doch noch geöffnet, und ich sah in das herzensgute Gesicht von Lucille Armstrong.

»Oh, so many flowers«, rief sie, und nachdem ich mich vorgestellt hatte, mußte ich ihr dabei helfen, auf dem Küchentisch die Rosen anzuschneiden. Mr. Armstrong sei leider auf Reisen, sagte sie. Im Radio lief »Yesterday«.

»You and your husband, do you like the Beatles?«

»Surely«, sagte Lucille mit einem bekümmerten Lächeln. »They really know the fundamental music …« Und ob es nicht ein Jammer sei, dieses jähe Ende nach John Lennons Verkehrsunfall … nur weil so ein Schuft sich einen dummen Witz erlaubt habe mit dieser Bombendrohung … aber welch ein Segen, daß John Lennon nun wieder gesund sei! Sie hätten für ihn gebetet.

Obwohl ich die Fernsehsendungen alle gesehen und die meisten Presseberichte gelesen hatte, ging mir erst beim Beschnippeln der Rosenstiele in Lucille und Louis Armstrongs Küche auf, daß ich auf der ganzen Welt unten durch war. Nicht allein bei irgendwelchen hysterischen Teenies, nein, bei der gesamten Menschheit. Die Nachricht von meiner ruchlosen Tat hatte die Runde gemacht, über alle sechs Kontinente … Billy the Ripper … Es war Lucille Armstrong, die ich in ihrer Wohnküche in Queens auf die Beatles angesprochen hatte, aber die gleiche Antwort wäre mir in polnischen Plattenbauten, in grönländischen Iglus und in kenianischen Oben-ohne-Bars erteilt worden … Alle wußten von dem Strolch, der die Beatles kaputtgemacht hatte … frag mal rum … frag einen übergewichtigen, arbeitslosen Diabetiker aus Bukarest oder den elfjährigen Straßenfußballer aus einem mexikanischen Slum … frag den südafrikanischen Börsenmakler, der links neben dir sitzt, auf dem Flug von Kapstadt nach Zürich, oder den schwedischen Juwelier, der rechts neben dir sitzt … frag die Stewardess, frag den Kapitän … mach eine Umfrage in einem Linienbus in Pamplona oder fahr in einem japanischen Wolkenkratzer mit dem Fahrstuhl in die Chefetage einer Firma, die Bremsbacken nach Bolivien exportiert … krabbele in die schäbigste Dampfsauna in ganz Sibirien, steig in einer Wetterstation in der Antarktis hinab oder ruf irgendwen in Kuala Lumpur, Izmir oder Lönneberga an, und dann frag nach dem Mann, der die Beatles auf dem Kerbholz hat: Sie alle werden wissen, wen du meinst.

»Don't get angry«, sagte Lucille nach einem Blick in mein feuerrotes Gesicht. »Judge not, that ye be not judged.« Richtet nicht, auf daß ihr nicht gerichtet werdet. »The Lord, He says: To me belongeth vengeance.« Mein ist die Rache, spricht der Herr.

Als wir mit den Rosen fertig waren, bereitete Lucille mir ein Sandwich zu. Neues von Billy Shears – jetzt frißt er Louis Armstrongs Kühlschrank leer!

»You don't have to do this«, sagte ich, doch sie ließ sich nicht bremsen.

»God be with you, Mister Shears«, sagte sie zum Abschied, in der irrigen Annahme, daß ich ein kultivierter, vernünftiger Mensch sei und nicht das perverse Scheusal, das die Beatles hingemeuchelt hatte.

I was shivering inside.

Nachts sah ich noch lange zum Hotelzimmerfenster hinaus, auch wenn es da nicht viel zu sehen gab außer Leuchtreklamebuchstaben mit Wackelkontakt.

Unter anderen Voraussetzungen wäre es für mich der Himmel auf Erden gewesen, am späten Nachmittag des 15. Juni 1967 mit Brian Jones, Chas Chandler, Noel Redding, Mitch Mitchell und Jimi Hendrix in einer Stretchlimousine durch Haight-Ashbury zu cruisen, mit Bourbon und Joints an Bord … Auf dem langen Flug nach San Francisco hatte ich drei bewußtseinserweiternde Medikamente zu mir genommen, aber alles, was sich erweitert hatte, waren meine Schweißporen.

Im Golden Gate Park ging Chas Chandler der linke Schuh verloren … Wir zockelten über den Hippie Hill und wurden im Haus von Big Brother and the Holding Company mit Southern Comfort betankt, dem Schmieröl vor dem Konsum der nächsten fragwürdigen Substanz … Acapulco Gold … Kool-Aid-Obstpunsch … ich sah Zwiebelringe tanzen … Steuerberater hätte ich werden sollen, wie mein Vater … oder Klimatechniker oder Friedhofsgärtner … irgendwas Normales halt, mit Skatverein, Aquarium und Blasentee … *doing the garden, digging the weeds … who could ask for more?*

Lieber das, dachte ich später, als bedröhnt durch Kalifornien zu fahren, von San Francisco nach Monterey, mit dem Kopf auf der Schulter eines Rock'n'Roll-Managers, der eine Zote nach der anderen reißt.

I give her oil me luv, that's oil I do«, sang Noel Redding unter der Dusche. »And if you saw me luv, you'd luv her too ...«

Am 16. Juni war das, gegen Mittag. Billy Shears, leidlich entgiftet, befand sich an einem Etappenziel seiner Träume, in einem Motelzimmer in Monterey, als Zimmergenosse von Noel Redding, der sich jetzt abtrocknete und zwischendurch irgendwelche entbehrlichen Fladen ins Waschbecken hustete, wobei er unverdrossen weitersang. »A luv like ars ... could never die ... as long as I ... have ya near me ...«

Als wir uns poppig genug angezogen vorkamen, stürzten wir uns ins Getümmel. Vierzigtausend, fünfzigtausend oder hunderttausend Menschen waren angereist, obwohl nur siebentausend hineinpaßten in die Fairgrounds Arena ... und was für Leute ... Acidheads, Cokeheads, Pillheads, Hopheads, Dopeheads, Deadheads ... Rockers, Rollers, Revellers ... Roadies, Stagehands ... Flower Children, Teenyboppers ... Beatniks, Bluesniks, Folkniks, Shitniks, Peaceniks ... Dropouts, Hangers-on, Hobos, Trippers, Runaways, Tramps ... Drug-addicts, Black Panthers, Diggers, Pranksters, Pushers, Jugglers, Bikers, Outlaws, hard-nosed Madmen, Freaks und Hippies und dazwischen lächerliche 46 Polizisten, aber mehr als eintausend Revolverjournalisten, oh dear. Frank Marinello, der Polizeichef von Monterey, hatte allerdings dafür gesorgt, daß in einem nahe gelegenen Fort 650 Soldaten in Alarmbereitschaft standen. Just in case.

Scallywags, Ragtail and Bobcats, stoned off their heads ...

The Love Generation, im Kaftan oder in Omaröcken und Sandaletten mit Straßsteinchen ... mit Halsketten aus Gänseblümchen ... mit Gitarren, Bongos und Bambusflöten ... Hari Om Namo Shivaya ... Om Sri Matreya ... Typen mit Kriegsbemalung, Prismabrille, Amuletten und Fransenjacke ... mit Filzhüten, Ponchos und Ohrringen ... Poster, Popcorn, Buttons ... »Groovy, man, groovy«, rief ein Heini, der eine brennende, penisförmige Kerze vor sich hertrug.

Unter einem Sonnenschirm trank ich einen Kaffee, der mir heiß bis in die Wadenadern rann. Es war wolkig und kühl, und manche Hippies hatten zwischen ihren Tipis Lagerfeuer entfacht. Rock, Zypressen, freie Liebe in den Dünen ... aber dann ging es auf der Bühne mit Konfirmationsmusik los. The Association hieß die Band. Zum Mäusemelken. Auch an den Paupers und Lou Rawls konnte ich nicht viel finden, sowenig wie an der nächsten Sängerin, die sich Beverley nannte, oder an Johnny Rivers und seiner Band ... da waren Eric Burdon und die Animals schon eine andere Sache.

Walls moved, minds did too, on a warm San Franciscan night ...

Sehr warm war sie zwar nicht, die Nacht, aber Eric Burdon war ja auch kein Meteorologe. Einen seiner Songs widmete er Bacchus, dem Gott des Weines, und dann traten Simon & Garfunkel auf.

»Jeezus«, nölte einer hinter mir, »they're sounding like little lost lambie-pies ...«

Zugegeben, Simon & Garfunkel paßten wirklich nicht so recht hinein in den Rockzirkus von Monterey, aber man kann doch auch mal einen Top-Act der ruhigeren Art über sich ergehen lassen. Ihr werdet hier schon noch genug Gitarren brennen sehen, dachte ich und zog los, jemanden finden, der mir für 250 Dollar seine Reisetasche verkaufte.

Das war nicht schwer. An einem verschwiegenen Örtchen füllte ich die Tasche mit Hundertdollarnoten aus meinem unerschöpflichen Portemonnaie, befestigte den Backstage-Paß, den Chas Chandler mir besorgt hatte, an meiner Flittergoldweste, und machte mich auf die Suche nach Albert Grossman.

Hinter der Bühne tanzten Hippiegirls mit Fußkettchen und Kußmund herum und warfen sich einem an den Hals, aber ich war nicht zu meinem Vergnügen hier. Es wimmelte von Very Important Persons: Dennis Hopper sah ich umherstreifen, Ravi Shankar und einen übernächtigten Andrew Loog Oldham, den Manager der Stones. Ich fragte ihn, ob er Albert Grossman irgendwo gesehen habe.

»Ask Captain Trips«, sagte er und zeigte hinter sich. »He knows everything.«

Captain Trips, das war Jerry Garcia von den Grateful Dead. Der rauchte gerade eine Friedenspfeife mit Ron »Pigpen« McKernan und verbreitete sich über Fragen der Gesellschaftspolitik: Wenn die Spießbürger auf Acid kämen, würden sie ihre Irrtümer einsehen und uns folgen, und dann werde im Jahr 2000 auf dem Times Square ein großes Marihuanafeld erblühen. »There's a lot of heavy stuff going on …«

Das sei nur zu wahr, mischte ich mich ein, denn schon im Oktober werde im Haus der Grateful Dead in der Ashbury Street eine Razzia stattfinden. »And you should cut down the cognac, Mister McKernan. Otherwise, on March 8, 1973, your liver will explode.«

»Whew!« rief Pigpen. »Gee! Seventy-three! Sounds like science fiction! You sure? And you know all about it? Tell me, man, will there be another World War?«

Es hatte keinen Sinn, aber ich warnte auch Jerry Garcia noch einmal: Ein gewisser Keith Godchaux werde 1979 die

Band verlassen und am 23. Juli 1980 bei einem Verkehrsunfall ums Leben kommen. Der Nachfolger Brent Mydland wiederum werde am 26. Juli 1990 an einer Überdosis von irgendwas sterben.

Jerry Garcia sah mich an, aus Pupillen mit dem Radius von Cocktailtomaten. »What about me?«

Er würde die Wahrheit vertragen, sagte ich mir. »Well, to pitch the fork … on July 10, 1985, you'll lapse into a coma for several days because of your drug-abuse and you'll lose your musical memory totally.«

»Whoops!« rief er. »Holy shit! You're giving me the creeps! Is there anything else? What about my fuckin' karma? When will I commend my spirit into the hand of the Lord? When, so to say, am I going to die?«

»Do you really want to know it?« fragte ich zurück, und da er nickte, fuhr ich fort: »You will die of, err« – was hieß Herzversagen? – »of, of … of heart stoppage while you're asleep on August 9, 1995, at the Serenity Knolls Drug Treatment Center in California. You'll be officially pronounced dead at 4.23 a. m.«

Jerry Garcia lächelte versonnen. »Y'see, buddy? That's why they call us the dead.«

Na schön. Albert Grossman würde ich auch ohne die Hilfe dieser eher undankbaren Toten auf Urlaub finden. Bis zur Reunion der Beatles wollte ich auch keine Zeit mit Warnungen mehr vergeuden, die ja doch niemand ernst nahm. Und dabei wäre Monterey das ideale Betätigungsfeld für einen Unheilspropheten gewesen. Wen hätte ich hier nicht noch alles warnen können … Marty Balin von Jefferson Airplane vor dem Hell's Angel, der ihn in Altamont mit einem Billardqueue k. o. schlagen würde, Eric Burdon vor seiner zweiten Ehefrau, einer Verhaftung in Deutschland und einem Beinbruch in Österreich, Nico vor ihrem Unfalltod, Bill Graham vor seiner minderjährigen Mätresse Diana LaChambre und einem Hubschrauberabsturz, Mama Cass vor einem Schinkensandwichbissen in der Luftröhre, der zu einem tödlichen Herzinfarkt führen würde, Paul Butterfield vor dem Erstikken an einem Stück Käsekuchen, Al Jackson vor einem bewaffneten Einbrecher, Bob Hite von Canned Heat vor den Spätfolgen seiner Fettsucht ... Mike Bloomfield, Brian Jones und Janis Joplin vor dem Drogentod ... Aber wer von denen hätte mir schon geglaubt?

Ich trabte an allen vorbei, bis ich die Götterversammlung gefunden hatte: Columbia Records Chairman Goddard Lieberson, Columbia Records President Clive Davis, Warner Brothers President Mo Ostin und Bob Dylans Manager Albert Grossman im Gespräch mit Jerry Moss von A&M Records und Jerry Wexler von Atlantic Records.

»Listen«, hörte ich Grossman sagen, »y'know what I said to Bob Dylan the very day they carried John Lennon to the hospital? ›The Beatles could've been bigger than Elvis‹, was what I said, ›but now‹, I said, ›I guess it is up to you‹, I said. And y'know what? I guess I'm right. It's up to Bob!«

Ich räusperte mich und trat auf Albert Grossman zu. »Excuse me, sir, but ... could you spare me a few minutes, please? My name is Billy Shears.« Es handele sich um eine wichtige geschäftliche Angelegenheit. Mit meiner Weste aus Goldlamé sah ich vielleicht nicht aus wie ein seriöser Geschäftsmann, aber für das konservative Amerika stellte der löwenhäuptige Albert Grossman rein äußerlich eine mindestens ebenso große Herausforderung dar.

In einem stillen Winkel eröffnete ich ihm, daß ich ein Musikliebhaber und Investor sei, der mit John, Paul, George und Ringo in Verhandlungen über ein Comeback der Beatles stehe. Brian Epstein habe die Kontrolle über seine Band verloren, und es sei an der Zeit, daß ein neuer, seriöser, weltweit hochangesehener Manager mit erstklassigen internationalen Kontakten den schwächelnden Eppy beerbe und den Fab Four dabei helfe, an ihre alten Erfolge anzuknüpfen und sogar noch weit darüber hinausweisende Ziele anzupeilen. Wir, also die Beatles und ich, hätten da auch schon allerlei Ideen. Zum Beispiel könnten die Beatles einen Song mit einem Symphonieorchester einspielen, ohne Noten, und danach eine Doppel-LP aufnehmen und ihr von einem avantgardistischen Londoner Künstler ein absolut weißes Cover verpassen lassen. Oder so. Gemeinsam würden wir das Kind schon schaukeln. Geld spiele keine Rolle, jedenfalls nicht für mich; ich sei bereit, nicht unerhebliche Mittel in unser gemeinsames Projekt zu investieren …

An dieser Stelle meines Vortrags ratschte ich den Reißverschluß der Reisetasche auf, damit Albert Grossman sich die vielen schönen Dollarscheinchen ansehen konnte. Das sei nur eine Anzahlung, sagte ich. Ein Vielfaches sei für uns alle drin, wenn es uns gelingen werde, die Beatles neu am Markt zu positionieren. Ich hätte zwar noch einige andere sehr interessante Angebote, doch das größte Vertrauen würde ich in ihn, Albert Grossman, setzen. »So what do you say? Are you willing to hit the big time?«

Mit den Beatles hätte dieser kapitale Hirsch, erst recht mit einem Geldgeber wie Billy Shears im Rücken, ganz anders umspringen können als ich. Und es mußte doch verlockend sein, sowohl Bob Dylan als auch die Beatles zu managen. Begierig suchte ich Grossmans Pokerface nach einem Zeichen der Zustimmung ab.

»Money, hey?« sagte er, nach langem Schweigen, und zeigte mit dem Kinn zur Tasche. »You think it's the money.«

»I beg your pardon?«

Er kam näher, bis ich riechen konnte, daß er vor nicht allzu langer Zeit eine mit Curry mißhandelte Lammkeule verspachtelt hatte. »Here's looking at you, kid«, sagte er. »Forget. About. The Beatles. Okay? They're gone. You heard me? They're gone. Go home now, too whoever you are.« Und er stampfte davon, grumbling and growling.

Was hatte ich falsch gemacht? War es irgendwie unanständig, Managern in Monterey den Deal ihres Lebens anzubieten? »January 25, man!« rief ich Grossman hinterher, denn diese Auskunft war ich ihm noch schuldig. »1986! Heart attack!« Ohne diese Vorwarnung würde er bei einem Transatlantikflug nach London pünktlich am genannten Datum an einem Herzinfarkt sterben. »Go to see the doctor, Albert!«

Er drehte sich nicht einmal um.

Von allen Menschen, die Monterey erlebt haben, bin ich vielleicht der einzige, der dort am Samstag vormittag gut gefrühstückt hat. Im Motel war ich der erste wache Gast und kriegte alles, was ich mir wünschte: Kaffee, Rührei, zwei Liter Orangensaft und ein Truthahnsandwich.

Unten auf dem Parkplatz glitzerten Sonnenstrahlen über die Autodächer. Mein einsamer, tief in der Nacht gefaßter Entschluß hatte auch bei Tageslicht Bestand: Ich würde eine Band formieren, heute noch, und schon morgen abend würden wir hier auftreten, gleich nach der Jimi Hendrix Experience, und ein paar Beatles-Songs spielen, die noch nicht existierten: »Sgt. Pepper's Lonely Hearts Club Band«, »With a Little Help from My Friends« und »Lucy in the Sky with

Diamonds«. Damit würde uns der Durchbruch sicher sein, wenn wir die verbleibende Zeit zum Üben nutzten.

Eine Moorleiche kam hereingeschlingert, in einem laubfroschgrünen Anzug, bellte nach Kaffee, strauchelte auf einen Stuhl zu und brachte sich mühsam darauf unter. Otis Redding.

Nach seinem Auftritt heute abend würde ihn Janis Joplin auf sein Zimmer begleiten, obwohl sie mit ihrem Geliebten Mark Braunstein angereist war, und wenn es stimmte, was ich gelesen hatte, würde sie Otis Redding fragen, ob es wahr sei, daß Gott einen großen Schwanz habe, und Otis Redding würde antworten: »Yes – if you believe in him.«

Und am 10. Dezember 1967 würde seine zweimotorige Privatmaschine auf dem Flug nach Cleveland mit insgesamt acht Passagieren an Bord bei Madison, Wisconsin, in den zugefrorenen Lake Pomona stürzen, doch ich hielt den Mund. Ich hatte Dringenderes zu erledigen. Ich kämpfte mich zu dem Blockhaus durch, das Lou Adler, dem Leiter des Festivals, als Gefechtsstand diente, und legte dort in groben Umrissen dar, was ich vorhatte.

Lou Adlers erste Reaktion war nicht unbedingt ermutigend. »Suck my dick«, sagte er. »You're nuts.«

Aber es gehe doch bloß um eine winzig kleine Programmänderung, wandte ich ein, und ich sei auch nicht aufs Geld aus. Die Gage für meine Band würde ich selbst übernehmen, und wenn wir auftreten dürften, würde ich mich auch ihm gegenüber erkenntlich zeigen.

»In what way?«

»In a financial kind of way.«

Das schien seinen Gedankenfluß anzuregen. Gerüchteweise hatte ich gehört, daß Lou Adler zwar nach außenhin den Wohltäter mime und fortwährend von der magischen

Achse L. A.–San Francisco–London fasele, die Filmrechte am Monterey Pop Festival aber hinterrücks für 400 000 Dollar an ABC-TV verhökert habe. Doch darauf mußte ich ihn gar nicht erst ansprechen. Schon nach meiner ersten Anzahlung war seine anfängliche Verstocktheit wie weggeblasen. Er versprach mir sogar, sich persönlich um das Equipment für meine Band zu kümmern und uns einen Probenraum bereitzustellen.

Als erstes mußte ein großer Aushang her: »WANNA GET FAMOUS?« Und darunter die Aufforderung an alle Gitarristen und Sänger, die am Sonntag abend hier mit Sgt. Pepper's Lonely Hearts Club Band auftreten wollten, sich in den Festival Headquarters eine Wartenummer fürs Vorspielen abzuholen. Das Schlagzeug wollte ich mit Billy Shears besetzen. Das traute ich ihm zu. Bei der Auswahl der anderen drei Bandmitglieder waren er und ich jedoch auf den Rat von Profis angewiesen. Also auf zum Motel mit der zur Zeit weltweit größten Profidichte …

»Hi'ya, man«, zischelte mir unterwegs jemand zu und hielt mich am Ellbogen fest. »Serenity, tranquility, peace?«

Das Gesicht des Mannes kannte ich von historischen Fahndungsfotos: Augustus Owsley Stanley III war das, der notorische Pillendreher, und was er mir andrehen wollte, war ein Hammer namens Monterey Purple oder STP. The first designer drug ever to hit the market: 2,5-Dimethoxy-4-Methyl-Amphetamin. Und von wegen Gelassenheit, Ruhe und Seelenfrieden: Jack Casady würde das Zeug einmal ausprobieren, in eine Pfütze stürzen, den Mond anbellen und im Gefängnis landen. Darauf würde ich nicht stehen, sagte ich. Drei Milligramm davon, und ich wäre zwei bis drei Tage high.

»That's the general idea, man«, erwiderte Owsley.

Eine noch unbekannte Designerdroge wäre ja vielleicht ein guter Lockstoff für verkaterte Rockstars, dachte ich, und so wurden wir doch noch handelseinig.

Anderthalb Stunden später lieferten die ersten Kandidaten eine Probe ihres Könnens ab, vor einer Jury, der Grace Slick, Al Kooper, Eric Burdon und Mike Bloomfield angehörten und zeitweilig auch Brian Jones, obwohl ihm, wie er mir verriet, STP sehr viel weniger gebe als DMT, ein Schlafmittel für Schweine, das einen vollständigen LSD-Trip in fünfzehn Minuten zusammenfasse. Gestern habe er das ausprobiert und sich mit der Seele eines vor zweitausend Jahren hingerichteten Druiden aus Stonehenge über geheime Botschaften in den Filmen von Ingmar Bergman unterhalten …

Als Juror war Brian Jones ein Totalausfall, aber die anderen machten ihre Sache gut. Sie ließen kaum irgendwem mehr als dreißig Sekunden Zeit dafür, sein Talent unter Beweis zu stellen, denn der Andrang war enorm, und wir wollten alle nicht den Auftritt von Big Brother and the Holding Company verpassen. Ich verließ mich auf das Urteil der Experten, die mir nach kurzer Beratung einen rauschebärtigen kanadischen Baßgitarristen und ein eineiiges Zwillingsbrüderpaar aus Minnesota für meine Band empfahlen: Danny, Greg und Spencer. Alter: 23, 19, 19.

So in einer Stunde würden wir mit den Proben beginnen, sagte ich ihnen, und jetzt sollten sie rausgehen und sich Janis Joplin anhören und sich nach Möglichkeit ein Beispiel an ihr nehmen: Janis, breaking loose and dressed to kill … Sie schüttelte ihre Mähne, schwenkte ihre Perlenketten und sang, als ob der Heilige Geist in sie gefahren sei, mit allen seinen Zechkumpanen. Es war mir manchmal auf die Nerven gegangen, wenn wieder einmal jemand Janis Joplin mit einem Erdbeben oder einem ausbrechenden Vulkan verglichen hatte, aber das hier war tatsächlich kein Konzert mehr, das war ein Naturereignis.

We're gonna knock ya, rock ya, sock it to ya …

Das flutete heiß über einen hinweg, über alle, und es war körperlich zu spüren, daß jetzt und hier, in diesem Augenblick, ein neues Zeitalter begann und niemals wieder irgendwas so wäre wie in der jammervollen, abgeschmackten und erst heute glücklich abgehakten Menschheitsepoche, die von der Steinzeit bis zum 17. Juni 1967 gedauert hatte und keinen Tag länger.

Danach ging ich mit Danny, Greg und Spencer an die Arbeit. Ich schrieb die Texte der drei Songs auf, die ich frech als meine eigenen ausgab, und spielte und sang sie ein paarmal vor, und der Laden lief. Bessere Instrumentalisten und Sänger hätte ich mir gar nicht wünschen können. Als geborene Rock'n'Roller stürzten sich die Zwillinge sofort auf »Sgt. Pepper«, und schon nach der dritten Probe konnte ich meinen Männern mitteilen: »Gentlemen, you've just made your first number one hit!«

Mit seinem etwas rauhen Tenor war Rauschebart Danny die perfekte Besetzung für die anderen beiden. »Lucy in the Sky« funktionierte auch ohne Schweineorgel vorzüglich. Nur um nicht vor Hunger umzufallen, unterbrachen wir die Proben am frühen Abend für eine halbe Stunde und fielen über die Fertiggerichte her, die Lou Adler uns serviert hatte, die treue Seele. Dann machten wir weiter und versäumten dabei den Orchideenregen für Jefferson Airplane und manchen anderen Höhepunkt des Festivals, aber so war das nun mal, wenn man selbst einen bilden wollte.

Erst um Viertel nach elf ließen wir es gut sein. Für eine Formation, die gerade mal einen halben Tag alt war, hörten wir uns meiner Meinung nach ganz passabel an, auch wenn uns vom Originalsound noch immer Welten trennten. Bevor ich Danny und die Zwillinge entließ, bat ich sie darum, keine harten Drogen zu verkosten, es auch sonst nicht zu übertreiben und sich morgen mittag um Punkt zwölf wieder im Probenraum einzufinden.

Draußen versetzte Otis Redding die Massen in Raserei: »This is the love crowd, right? We all love each other, right?«

Morgen, Kinder, wird's was geben, dachte ich und wäre dann gerne schlafen gegangen, aber als ich in das Doppelzimmer trat, hüpfte Noel Redding splitternackt darin herum, organised for action, und das Bunny, das er aufgerissen hatte, sprach zu ihm die Worte: »You're a well-built lad, honey, but please wash your winkle, so you don't give me the pox.«

Nach einem längeren Spaziergang wäre ich auf dem Parkplatz fast über Jimi Hendrix gestolpert, der auf einem Indianerteppich kniete, seine Gitarren mit roter und blauer Farbe bemalte und ein stummes Zwiegespräch mit Mr. Moonlight hielt.

Im kaputten Fahrstuhl, auf den Fluren und in den meisten Zimmern des Motels wurde gejammt. Rock around the clock and bottles going for six.

Words are flying out like endless rain into a paper cup …

Jingly-jangly. Whomp, whomp, scree! Ein endloses Palaver und Pow-wow: »Man, if you didn't hear Mike Bloomfield's group, man, you are out of it, so far out of it!«

»He's a bloody genius, that's what he is!«

»One for the road, old horse!«

Very well, sir. Anything you want.

Über Nacht war auf dem Fußboden ein Slum aus Schlafsäcken entstanden, mit Ausläufern bis ins Badezimmer, so daß ich mir beim Zähneputzen und Rasieren Mühe geben mußte, niemandem auf die Zehen zu treten.

Sonntag, der 18. Juni 1967. Paul McCartneys fünfundzwanzigster Geburtstag. Der Himmel hatte sich zugezogen, und mir war mulmig zumute. Mein letzter Versuch, die Geschichte der Popmusik umzuschreiben, hatte – wir erinnern uns – katastrophale Folgen gehabt. Wie würde es diesmal enden?

Danny, Greg und Spencer warteten schon auf mich. Die wollten es wirklich wissen. Ich hatte ihnen Kaffee und Hot dogs mitgebracht, doch das wurde alles kalt. »Let's get right down to business now«, sagte Greg, und dann verflogen sie nur so, die Stunden. Once again, we worked our little asses off. Mit einem dreistündigen indischen Barfußkonzert, bei dem weder geraucht noch fotografiert werden durfte, stellten Ravi Shankar, Alla Rakha und Kamala am Nachmittag den offiziellen Festivalrekord auf, aber den inoffiziellen hielt nach einer fast neun Stunden langen Session unangefochten Sergeant Pepper's Lonely Hearts Club Band.

»I've got blisters on my fingers!« rief ich, als die Kräfte mich verließen. Wir waren gut. Nicht so gut wie die Beatles, weißgott, aber besser als jetzt konnten wir nicht mehr werden, und wir brauchten was zu essen und zu trinken und vor allem eine Atempause vor unserer Feuertaufe.

Auf der großen Bühne ließ Roger Daltrey über seinem Kopf das Mikrofon wie ein Lasso kreisen. John Entwistle entzündete eine Rauchbombe, und dann hauten The Who alles um sich herum kurz und klein. And the audience went nuts. Ja, das war wahrlich etwas anderes als vorgestern der fromme Gutenachtgesang von Simon & Garfunkel.

Danach hatten die Grateful Dead einen schweren Stand. Sie hatten gerade losgelegt, als Mickey Dolenz, nein, als Peter Tork von den Monkees in einem Indianerkostüm auf die Bühne gelaufen kam, Phil Lesh das Mikrofon entwand und das Publikum darum bat, nicht auszurasten und auch nicht über die Zäune zu steigen, denn allen Gerüchten zum Trotz seien die Beatles nicht hier.

»This is the last concert«, sagte Phil Lesh, dem es nicht paßte, daß ein Monkee die Show unterbrochen hatte. »Why not let them in anyway?«

Peter Tork stotterte etwas von niedergetrampelten Zäunen, bis ihm Phil Lesh das Mikrofon entriß. »The Beatles ain't here!« rief er. »Come in anyway!«

»Uh, yeah«, hörte man Peter Tork noch haspeln, und es kletterten Hunderte, wenn nicht Tausende von Leuten herein, die keinen Eintritt bezahlt hatten.

»Anybody who wants to dance, dance!« rief Phil Lesh, und das ließ sich niemand zweimal sagen, zum Entsetzen von Lou Adler, der von einer Ohnmacht in die andere fiel. Alles war am Rennen und am Quasseln, und die einzigen, die cool blieben, waren die beiden Frauen, die Brian Jones zur Konzertbühne hochstemmten. Auf der obersten Stufe kriegte er einen Hustenanfall und wäre fast noch rückwärts die Treppe runtergefallen, aber dann ging er breitbeinig raus und machte seine Ansage: »I'd like to introduce a very good friend, a fellow countryman of yours … he's the most exciting performer I've ever heard … the Jimi Hendrix Experience!«

Jimi Hendrix lief in scharlachroten Hosen, schwarzer Weste und goldenem Rüschenhemd auf die Bühne. Um den Hals hatte er sich eine fuchsienfarbene Federboa geschlungen. Und dann ließ er, begleitet von Mitch Mitchell und Noel Redding, die Sau raus, in electric hyperdrive. Bei »Foxy Lady« steckte er sich die Gitarre zwischen die Beine, und Noel Redding stellte er dem Publikum als Großmutter von Bob Dylan vor. Bei »Hey Joe« spielte er das erste Solo mit dem Mund und das zweite mit der Gitarre im Nacken. Dann tat er so, als begatte er den Verstärkerturm. So etwas hatte die Welt noch nicht gesehen und auch nie zuvor gehört.

Am Ende rief er, daß er etwas opfern wolle, das ihm wirklich etwas bedeute, und es solle niemand verrückt spielen deswegen: »No-o-o-o-o. Don't get mad. I want everybody to join in, all right? Don't get mad. This is it. There's nothing I can do more than this. Oooh, look at those beautiful people out there!«

»Wild Thing« war sein letzter Song, bei dem er seine Stratocaster mit den Zähnen und der Zunge folterte und liebkoste, und dann ließ er Feuerzeugbenzin über die Gitarre laufen, gab ihr einen Abschiedskuß und steckte sie in Brand.

Noel Redding und Mitch Mitchell, nicht faul, demolierten ebenfalls ihre Instrumente. Auch ein Verstärker mußte dran glauben, und Tausende von Champion Jimi Hendrix Watchers sahen der Band bei ihrem Zerstörungswerk ungläubig zu.

»I think this has gone about as far as it can go«, sagte Jimi Hendrix, als er von der Bühne kam und erschöpft in die Arme von Brian Jones sank.

»You killed them!« schrie Hugh Masekela. »You killed them!« Auch Nico und Bill Graham wollten Jimi Hendrix umarmen. Es mußte schön sein, nach einer solchen Leistung so empfangen zu werden. Weniger schön war die Aussicht, gleich nach draußen zu müssen und vor Zehntausenden von Leuten aufzutreten, die nach einer Zugabe der Experience lechzten. Auf einmal kam mein Plan mir gar nicht mehr so clever und plausibel vor.

Noch eine Minute, signalisierte uns Lou Adler.

Danny, Greg und Spencer rauchten Kette, wirkten aber gefaßt. Leider hatten wir nicht genug Zeit gehabt, farbenfrohe historische Offiziersuniformen an Land zu ziehen. Jetzt sahen wir einfach nur wie irgendwelche Hippies aus. Well, sagte ich im Geiste zu Billy Shears, here's another fine mess you got me into ...

Dann ging Lou Adler raus und kündigte uns an: Es erfülle ihn mit Stolz, eine Band vorstellen zu dürfen, deren kometengleicher Aufstieg unmittelbar bevorstehe. »Im quite sure you will enjoy the show. So would you please welcome – Sergeant Pepper's Lonely Hearts Club Band!«

Den Anfang kriegten wir noch einigermaßen hin, auch wenn die Rufe nach Jimi Hendrix nicht verstummen wollten. Ich konzentrierte mich auf mein Spiel.

It's wonderful to be here, it's certainly a thrill ...

In dieser Form können wir's packen, dachte ich, sah auf und fühlte mich wie ... wie Sam Neill vielleicht, in »Jurassic Park«, angesichts der lebenden Dinosaurier. So ungeheuerlich viele Menschen! Und sie alle, alle schauten und hörten uns zu und würden sich ihr Leben lang daran erinnern und noch ihren Urenkeln erzählen, wie es war, als Sgt. Pepper's Lonely Hearts Club Band ihr erstes Konzert gegeben hatte. Ganze Bücher würden darüber geschrieben werden, und der Dokumentarfilmer D. A. Pennebaker hielt jede Sekunde für die Ewigkeit fest ...

Das hätte ich wahrscheinlich noch verkraftet, ohne aus dem Takt zu geraten, aber dann fiel mein Blick auf das schmierige Grinsen von Patrick Barry. Er stand ganz vorn und prostete mir mit einer Dose Budweiser zu. Als Genußmensch, der nur ungern einen Schluck verkommen ließ, trank er sie aus, bis auf den letzten Tropfen, bevor er sie mir ins Schlagzeug schleuderte, und was folgte, war ein Bierdosenhagel, der als »Monterey Shower« in die umgeschriebene Geschichte eingegangen ist. Um uns von allen Seiten attackieren zu können, hatte sich die von Patrick Barry angeführte Budweiserpartei taktisch geschickt im Gelände verteilt und brach nach unserer Flucht von der Bühne sicherheitshalber auch noch eine Massenschlägerei vom Zaun, aber das wäre gar nicht nötig gewesen, denn mir waren schon beim Anblick von Patrick Barrys Visage die Drumsticks runtergefallen. Mit dem Mut der Verzweiflung hatten Danny, Greg und Spencer fast noch eine Minute lang durchzuhalten versucht, alleine, ohne jede Schützenhilfe ihres schreckensstarren Bandleaders und Drummers, und erst dann kamen die Dosen geflogen.

Lou Adler war nicht gut auf mich zu sprechen. Er saß, wie alle außer mir, Patrick Barry und seinen Kumpanen, dem Irrtum auf, daß mein Blackout der Auslöser des Krawalls gewesen sei, obwohl ja nur das Erscheinen des führenden Krawallbruders meinen Blackout ausgelöst hatte. Mit solchen Spitzfindigkeiten wollte ich freilich niemanden langweilen. Noch schneller, als ich Sgt. Pepper's Lonely Hearts Club Band gegründet hatte, löste ich sie wieder auf, indem ich Danny, Greg und Spencer ausbezahlte, wobei ich es vermied, ihnen in die Augen zu sehen: Ausfallhonorar, Schmerzensgeld und Abfindung, alles in einem. Und dann verdrückte sich Billy Shears, der Mann, der es abermals geschafft hatte, die Vergangenheit zu verschlechtern. Congratulations! Jetzt war ihm auch das Bravourstück geglückt, das Monterey Pop Festival zu verunstalten und jedermann die guten Vibrationen auszutreiben. The Mamas and the Papas traten zwar noch auf, nach Mitternacht, als Patrick Barry seiner Truppe den Befehl zum Rückzug erteilt und die militärische Lage vor der Bühne sich wieder beruhigt hatte, aber die Luft war raus.

Monday, Monday, can't trust that day …

Ich hatte nicht vorgehabt, in Monterey noch irgendwem auf den Geist zu gehen, doch als ich im Treppenhaus des Motels auf Janis Joplin traf, fühlte ich mich, weil mir ihr Leben lieber war als ihr selbst, dazu verpflichtet, ihr nahezulegen, sich in der Nacht vom dritten auf den vierten Oktober 1970 weder Alkohol noch Heroin einzuverleiben.

»May I have a private talk to you, Miss Joplin?«

»Oh boy«, keuchte sie, »I'm Miss Joplin, alright, and I'm havin' a helluva good time. But who the fuck are you?«

Ich erläuterte ihr in dürren Worten, daß ich aus dem 21. Jahrhundert angereist sei, um sie vor einem tödlichen Alkohol-Heroin-Mix zu warnen.

Sie starrte mich an. »So you came along all the way from the next century just to tell me that I'm meant to die a young and unhappy death?«

»Well, arr – äh – yes«, sagte ich. Oder hätte ich ihr noch raten sollen, im März 1969 besser auf ihren Porsche aufzupassen?

»You ain't no fun to be around«, sagte sie, goß mir ihren Drink ins Gesicht und schrie um Hilfe: »Get that motherfuckin' sonofabitch outa my sight or I'll kill him! Goddammit! I'm here to have a party! Don't need no fuckin' maniac hangin' around!«

So war sie nun einmal, diese reizbare Bienenkönigin. An absolute perfectionist when it came to entertaining.

And that was another one of the less glorious episodes of my life.

Nachdem ich die Frage, ob meine Auslandsreise zufriedenstellend verlaufen sei, verneint hatte, gab Geoffrey seiner Hoffnung Ausdruck, daß ich wenigstens einen angenehmen Rückflug gehabt hätte.

Nein, denn dabei hatte ich mir vergeblich das Hirn über Methoden der Zerstörung von Willibalds Wahrsagekugel zermartert. Denn todsicher war kein anderer Schlechtwettergott als Willibald der große Bierdosenregenmacher, der Patrick Barry und dessen Spießgesellen nach Monterey beordert hatte, nur um meine bescheidenen Wiederbelebungsversuche an den Songs zu durchkreuzen, die Willibald so verhaßt waren. »Man, I had a dreadful flight«, sagte ich.

Unter diesen Umständen, erwiderte Geoffrey, falle es ihm schwer, mich mit Lappalien zu behelligen, doch er müsse seiner Pflicht genügen und mich darauf hinweisen, daß das Gebaren jener Gentlemen, die ich als meine persönlichen Bediensteten hier untergebracht hätte, in meiner Abwesenheit bedauerlicherweise den Unmut anderer Hotelgäste hervorgerufen habe und daß es höchst zuvorkommend von mir wäre, die Gentlemen daran zu erinnern, daß sie, solange sie hier logierten, sowohl der geltenden Hausordnung als auch gewissen ungeschriebenen Gesetzen des gesellschaftlichen Miteinanders unterworfen seien.

Wie die Mäuseriche, die auf den Tischen tanzen, wenn die Katze außer Haus ist, hatten Randy, Mike und Sid in ihren Zimmern eine ausufernde Party gegeben, und einige der Teilnehmer waren ausgeschwärmt und hatten zwei minderjährigen Sprößlingen einer saudi-arabischen Aristokratendynastie im Fahrstuhl Ale eingeflößt, in einer piekfeinen Hochzeitsgesellschaft neue Mitglieder für einen Fan-Club von West Ham United zu rekrutieren versucht und in der Lobby schmutzige Lieder abgesungen.

Ich heizte meinen Leibgardisten ordentlich ein und ging zu Bett. In Monterey hatte ich schmählich versagt, wohl wahr, doch ich konnte auch einen kleinen Zwischenerfolg verbuchen: In den Zeitungen stand nichts über Paul McCartneys LSD-Verbrauch. Macca schien auf mich gehört und den Mund gehalten zu haben …

Ich war gerade eingenickt, als das Telefon klingelte.

»Wie war's in Kalifornien?«

Willibald, das alte Schwein. Ich schwieg.

»Sprachlos vor Entzücken? Na, dann hör mal eben zu: Ich bin's allmählich leid, andauernd auf dich aufzupassen. Deshalb muß ich deinen Aktionsradius etwas einschränken. Wenn du jetzt brav zu mir ins Claridge's rüberkommst und mir dein Portemonnaie gibst, wird John Lennon wieder auf freien Fuß gesetzt.«

Was, was, was? Ich stand senkrecht im Bett.

»Reg dich nicht auf, dem Mann ist kein Härchen gekrümmt worden, und bislang hat nur er selbst gemerkt, daß er verschwunden ist. In seiner derzeitigen Unterkunft ist er so sicher wie in Abrahams Schoß, vorausgesetzt, daß diese Sache unser kleines Geheimnis bleibt. Und daß du dich jetzt in Bewegung setzt.«

Auf das Portemonnaie war gepfiffen, aber woher sollte ich wissen, ob das nicht alles nur ein Schwindel war?

»Was ist?« fragte Willibald. »Traust du mir soviel kriminelle Energie nicht zu?«

O doch. Diesem Wahnsinnsknaben traute ich sogar die Gemeinheit zu, mir mein Portemonnaie abzunehmen und John Lennon trotzdem in Geiselhaft zu behalten. Aber darauf würde ich es ankommen lassen müssen.

»Erst mußt du mir mal beweisen, daß du nicht lügst«, sagte ich. »Zeig mir John Lennon in deiner Wahrsagekugel, und wenn ich dir dann glaube, daß er gekidnappt worden ist, kriegst du mein Portemonnaie.«

Stille am anderen Ende der Leitung. »Gebongt«, sagte Willibald dann. »Weil du es bist! Aber komm allein. Zu Fuß! Zimmer 212. Und keine Tricks! Schon gar nicht der, daß du noch eben schnell ein paar Millionen Pfund aus deinem Portemonnaie nimmst, gell? Du weißt ja … Big Brother is watching you.«

Es war der schwerste Gang, den ich je hatte antreten müssen. Aber was blieb mir anderes übrig? Und was blieb Willibald anderes übrig, als mich um die Ecke bringen zu lassen, sobald ich mein Portemonnaie abgeliefert hatte? Bei der Polizei verpetzen konnte ihn ja später auch ein mittelloser Billy Shears.

Der Lakai, der mich im Claridge's bis zur Tür von Willibalds Wespennest geleitete, empfing von mir, zu seiner namenlosen Verwunderung, dreißigtausend Pfund Trinkgeld. Meine letzte gute Tat auf Erden. »Take the money and run«, sagte ich, und dann klopfte ich an.

»Who's this?«

Als ob er das nicht gewußt hätte. »Na, wer wohl«, sagte ich. »Der Nikolaus! Laß mich rein, du Idiot.«

Die Tür ging auf. »Come in, sir, please«, sagte Geoffrey. »Everything is in a satisfactory state now, I suppose.«

Da ich mich bewegungsunfähig fühlte, mußte er mich mit sanfter Gewalt hereinziehen. Dann schloß er die Tür.

Drei – nein, vier – nein, fünf – fünf Männer lagen im Entree, bewußtlos und gefesselt und geknebelt. Einer war Willibald. Die anderen kannte ich nicht.

Er müsse mir gestehen, sagte Geoffrey, daß er sich seit geraumer Weile Sorgen um mein Wohlergehen gemacht und sich vorhin die Freiheit herausgenommen habe, im Interesse höherstehender Rechtsgüter meine Privatsphäre zu verletzen, von einem Nebenanschluß aus das zwischen mir und dem Bewohner dieser Suite geführte Telefongespräch mit anzuhören und daraus den Schluß zu ziehen, daß rasches Handeln geboten sei. Bei der Ausführung des Vorhabens, die hier versammelten Gentlemen zu einer Änderung der Grundzüge ihrer gegen mich gerichteten Politik zu bewegen, seien ihm, Geoffrey, gewisse verhandlungstaktische Kniffe zustatten gekommen, deren Kenntnis er seinen Lehrjahren im Geheimdienst verdanke.

Dieser Geoffrey war doch immer wieder für eine Überraschung gut. Wozu brauchte ich drei grobschlächtige Bodyguards, wenn mir ein Allroundgenie wie Geoffrey zu Gebote stand?

Empfehlenswert, sagte er, sei ein Blick in die aparte, auf dem Kaminsims ruhende Kristallkugel, falls ich mir Aufschluß über den jüngsten Ermittlungsstand verschaffen wolle.

Ja, da lag sie, auf einem Kissen aus schwarzem Samt ... Willibalds unselige Wahrsagekugel ... und darin erblickte ich ... John Lennon! Ein bißchen verwackelt zwar, aber er war's! Und ich konnte seine Stimme hören, wenn auch nur gedämpft ... das waren Schreie! Weil er Wasser ins Gesicht geschüttet kriegte! Systematisch!

Mister Lennon fahre hier Wasserski, klärte Geoffrey mich auf. Im Hintergrund sei ein Küstenstreifen des Golfs von Genua zu erkennen. Genua, wenn er das, zu meiner Orientierung, noch hinzufügen dürfe, sei eine 1814 von britischen Truppen unter dem Kommando von Lord William Bentinck glorreich eroberte Hafenstadt am Ligurischen Meer, in welchem der mitnichten gekidnappte, sondern nur seinen verdienten Urlaub genießende Mister Lennon sich, wie man sehe, recht wohlbefinde.

Vom Balkon meiner Suite flog ein Champagnerkorken hoch hinauf in den lachenden Frühsommerhimmel, und dann füllte ich zwei Kelche; einen für Geoffrey und einen für mich. Dieses eine Mal, darauf hatte ich bestanden, spielte Billy Shears den Butler.

Als Willibald aus seiner Ohnmacht erwacht war, hatte Geoffrey ihm einen kurzen Vortrag über die Praktiken des Security Service und des Secret Intelligence Service gehalten, und da war er doch etwas nachdenklich geworden und hatte uns durch lebhaftes Kopfnicken zu verstehen gegeben, daß er fortan ein artiger Junge sein und recht bald auch einen nützlichen Beruf ergreifen werde. Sein Portemonnaie und die Wahrsagekugel, die ihm bei seiner Resozialisierung doch nur hinderlich gewesen wären, hatte ich an mich genommen und Willibald davon abgeraten, jemals wieder eine falsche Bewegung zu machen: »Du weißt ja … Big Billy is watching you.«

Im Ritz hatte ich Randy, Mike und Sid gefeuert und Geoffrey mit der Vorgeschichte des Dramas vertraut gemacht.

»That's a fairly hair-raising story, sir«, sagte er und nahm Willibalds Portemonnaie als Geschenk von mir an. Zuerst hatte er sich gesträubt und gesagt, daß er kein Taschendieb sei, aber der Alteigentümer durfte es ja sowieso nie wieder in die Finger kriegen, und ich selbst besaß schon eins von der Sorte.

Auch die Wahrsagekugel, der wir uns jetzt zuwandten, durfte nicht noch einmal in falsche Hände geraten. Nicht der Erpressung und der Spionage sollte sie dienen, sondern einem edleren Zweck – der Suche nach Ringo Starr. He was endlessly speeding around the Metropolis, but it was difficult to catch him.

»Wo ist Ringo Starr?« fragte ich die Kugel. Aber es tat sich nichts. Vielleicht brauchte sie genauere Personalangaben:

»Wo ist Richard Starkey, genannt Ringo Starr, geboren am 7. Juli 1940 in Liverpool, Großbritannien?«

Wieder nichts. Oder doch? Die Kugel schimmerte bläulich auf ... in ihrem Inneren drehten sich bunte Murmelspiralen ... und dann zeigte sich der Schattenriß eines Mannes ... etwas verschwommen, wie von einer leicht windgekräuselten Wasseroberfläche gespiegelt ... das Bild wurde schärfer ... und schärfer ...

Bingo! Ringo.

Beim Mittagessen, wie mir schien.

Beklagenswerterweise, sagte Geoffrey, wirkten die Farben ja ein wenig verwaschen, aber seines Erachtens tue Mr. Starkey sich an einem Räucheraalfilet mit Meerrettichsoße gütlich. Bei dem Getränk könne es sich nur um einen Rosé handeln, und das Restaurant, in welchem Mr. Starkey tafele, sei unverkennbar das White Elephant in 28 Curzon Street, nur ein paar Schritte von hier.

Also nichts wie hin! Und wenn Ringo Starr mich abblitzen lassen sollte, wollte ich dem Überredungskünstler Geoffrey das Wort erteilen, denn ich wäre jede Wette darauf eingegangen, daß ein von Geoffrey beratener Ringo Starr der erste Beatle gewesen wäre, der sich mit sich selber wiedervereinigt hätte. Aber dazu kam es nicht.

»I would prefer not to«, sagte Geoffrey. Er schaudere vor jeder Form von Popmusik zurück und sei nicht gewillt, auch nur das geringste zu deren Erzeugung und Vermehrung beizutragen. Das verbiete ihm sein Gewissen. Er müsse sich noch in seine neue Lebensrolle als Millionär hineinfinden, und bis es soweit sei, stelle er sich mir gerne als Leibwächter zur Verfügung, aber nicht als Förderer populärmusikalischer Tendenzen.

Mußte er selbst wissen, der Gute, auch wenn er nicht

wußte, was ihm entging. Die Kugel, die ihren Zweck erfüllt hatte, setzte ich feierlich außer Betrieb, indem ich sie mit einem Briefbeschwerer zerschmetterte, und dann nahmen Geoffrey und ich die Verfolgung auf, raus aus dem Ritz und runter zum White Elephant und von dort hinter dem satten und fröhlich pfeifenden Ringo Starr her bis zum Curzon House Gambling Club und hinein in den Saal mit den Billardtischen.

»What's the news?« fragte Ringo Starr, der sein Queue polierte, als ich auf ihn zugeschlottert kam wie eine kalbende Kuh.

»Excuse me for bothering you …« Ich sei so eine Art Prophet, sagte ich. Am 28. November 1979 werde sein Haus in Hollywood in Flammen aufgehen. »Lend me your ears, please. Irreplaceable stuff from the old days will be destroyed.«

»From the old days? Whatcha mean?«

»Well, err … from now. These are the old days, my friend. The rest is history.« Ich glaube nicht, daß ich so cool rüberkam, wie ich es mir vorgenommen hatte. Am 19. Mai 1980, setzte ich hinzu, werde er mit Barbara Bach einen Unfall haben.

»Blimey!« sagte Ringo Starr und polierte weiter sein Queue. »Wouldn't that be wonderful?«

Ob er denn wenigstens seinen Freund Elvis warnen könne, fragte ich zurück. Der werde sonst nämlich am 16. August 1977 an Verfettung sterben.

»Sure, man.«

Und was die Beatles angehe …

Er packte mich bei der Nase. »What do you want? A Beatles reunion?«

»Yeah«, näselte ich.

»Don't beatle me, buddy«, sagte er und schubste mich weg.

Ich fing noch einmal von vorne an. Im Grunde war Ringo Starr doch immer der beste und der vernünftigste Beatle gewesen, und wenn auch noch der mich im Stich ließ, war wirklich alles verloren.

»Okay, okay, okay«, rief Ringo Starr, »that takes the cake! Hey, I don't care a bugger who you are … I don't give a twopenny damn! I'm fed up to the back teeth with listening to your gobbledegook! So cut your cackle! Skip it! Put a sock in it! You're absolutely bananas! D'you wanna fight? I'll bump you off!«

Geoffrey räusperte sich.

»Please, calm down, Mister Starr«, sagte ich, »don't pass me by, don't make me cry, don't make me blue«, aber da war es bereits zu spät.

»Scram, you shithead!« schrie er und schmiß eine Billardkugel nach mir. »Put that in your pipe and smoke it! Take a powder! Stick up fer yerself! And stew in yer own juice!« Dann rief er nach Verstärkung: »Throw him out! This guy is totally bonkers! He's a fuckin' nutter!«

Unter einem konstruktiven Gedankenaustausch stellte ich mir etwas anderes vor. Es schien jedenfalls nur wenig dafür zu sprechen, daß Ringo Starr das Plauderstündchen fortzusetzen wünschte.

Abends gab ich Geoffrey frei und fuhr mit Tara Browne, der fand, daß ich mal wieder unter die Leute müsse, zu einer Party in Christopher Gibbs' Apartment in Chelsea, 100 Cheyne Walk.

Christopher Gibbs, der Mann, der mich geküßt hatte, vor einer halben Ewigkeit, hielt Hof in einem gehobenen Opiumbasar wie aus dem 17. Jahrhundert, mit Wasserpfeifen, Strohmatten, Intarsientischchen, handgestickten Kissen, marokkanischen Wandteppichen, persischen Läufern und dekorativ verteilten Kamelsätteln. In diesen eichenvertäfelten Räumen habe einst ein weltberühmter amerikanischer Maler gewohnt, dessen Name ihm leider entfallen sei, sagte Tara Browne, und Michelangelo Antonioni habe hier eine Szene für »Blow-Up« gedreht.

»Look what the cat's brought in«, rief Marianne Faithfull und begrüßte mich so herzlich, daß ich umfiel und mir an einem Kamelsattelknauf eine blutige Nase holte.

Von irgendeiner Talitha, die in einem durchsichtigen Nichts aus Plastik herumlief, bat Marianne Faithfull sich ein Taschentuch für mich aus, und dann wurde ich Prinzessin Margaret vorgestellt, die mir, obwohl sie bessere Gesellschaft gewohnt sein mußte, zu verzeihen schien, daß ich aus der Nase blutete.

Ich ging mir noch etwas blutstillendes Papier holen. Auf der Toilette lag Mick Jagger auf dem Rücken, in einer Tunika mit Puffärmelchen, und dirigierte ein unsichtbares Orchester.

Von einem Tablett, das ein Butler herumreichte, durfte man sich Haschischplätzchen nehmen. Ich verputzte drei auf einmal. Der und der sei ein Vicomte und der ein Member of Parliament und der da ein Kurator des Naturhistorischen Museums, sagte Marianne Faithfull, und oh, da sei ja auch George! »Back in town again? How is life in India?«

Es war doch wie verhext. Jedesmal, wenn meine Wege sich mit denen von George Harrison kreuzten, steckte ich in einer Formkrise. Das Nasenbluten war zwar nicht so störend wie die akute Genußmittelvergiftung damals in Redlands, aber früher oder später würden die drei Plätzchen mein Bewußtsein eintrüben. Wenn ich George Harrison dazu bringen wollte, bei den anderen drei Beatles ein gutes Wort für mich einzulegen, durfte ich nicht mehr lange damit warten, eine lockere Gesprächsatmosphäre aufzubauen. Jetzt oder nie.

It took a long long long time. Now I'm so happy I found you …

»Excuse me, Mister Harrison«, sagte ich. »I've got a word or two to say about the things that you do …« Wir seien uns schon einmal begegnet, vor ein paar Monaten, in Redlands, und da hätte ich ihm Feuer gegeben, aber heute könne ich ihm etwas noch viel Besseres geben. Es verhalte sich nämlich zufällig so, daß ich mit einem gewissen Einblick in die Zukunft gesegnet sei. In der Nacht vom 11. auf den 12. März 1969, um nur ein Beispiel anzuführen, werde ein auf den Namen Yogi hörender Polizeihund in Kinfauns 37 Gramm Cannabis ausfindig machen.

»You're kidding«, sagte George Harrison, und da legte ich nach: Er solle darauf achten, daß sein Song »My Sweet Lord« nicht die allerkleinste Ähnlichkeit mit »He's So Fine« von den Chiffons aufweise, denn sonst drohten ihm, George Harrison, jahrelange Prozeßquerelen mit der Bright Tunes Music Corporation, der er eines Tages 587 000 Dollar überweisen müssen werde. »Too bad«, warf er ein, doch ich war noch nicht ganz fertig: Spätestens ab 1994 solle er regelmäßig zur Krebsvorsorge gehen. Und seinem Finanzverwalter Denis O'Brien scharf auf die Finger sehen. Den werde er nämlich sonst im Januar 1995 wegen Veruntreuung von 16 Millionen Pfund verklagen müssen.

»Mind your own business, Mister Flibbertygibbet«, sagte George Harrison und machte ein ziemlich langes Gesicht dabei.

Ich hielt inne. Sollte ich noch eine Warnung anhängen? Oder lieber gleich das Thema Beatles anschneiden?

Im Holland Park hätten vorgestern zwei Kindermädchen Steine nach einem Pfau geworfen, mischte Tara Browne sich ein, und er habe den Täterinnen eine Standpauke halten müssen. Pfauen mit Steinen zu bewerfen, das sei doch wohl »unspeakably démodé«. Oder etwa nicht?

Etwas Dringendes war mir noch eingefallen, und ich rückte damit heraus: Am 30. Dezember 1999 werde ein Einbrecher ihn, also George Harrison, mit einem Messer verletzen, aber er hatte sich von mir abgewandt, noch bevor ich den Satz vollendet hatte.

Na gut, sagte ich mir. Wer nicht hören will, muß fühlen.

Think for yourself 'cause I won't be there with you.

Vielleicht bestand der Grundfehler meiner Strategie darin, daß ich die Zange immer viel zu hoch oben angesetzt hatte, bei den Beatles selbst statt bei ihren Helfershelfern, unten, an der Basis des Imperiums, wo man den vertrauensbildenden Maßnahmen von Billy Shears möglicherweise nicht so schroff ablehnend gegenüberstand. Mit diesem Gedanken im Hinterkopf wurde ich bei Neil Aspinall und Mal Evans vorstellig, und zwar in 16 Montague Mews (und nicht in der Sloane Street, die als Adresse der beiden Herren fälschlicherweise in manchen Büchern angegeben wird). Mein tollkühner Plan war, den Tourmanager der Beatles und ihren bärenstarken Roadie auf meine Seite zu ziehen und dann weiterzusehen.

Und ich hatte Glück: Sie waren beide zu Hause. In ihrer Wohnküche stellten sie mir ein Glas Tee hin, und Neil Aspinall erinnerte sich daran, daß er mich schon einmal gesehen habe, im Roundhouse. Das war ja kein schlechter Anfang.

»Sometimes I wish I knew you well, then I could speak my mind and tell you«, sagte ich. »Maybe you'd understand.«

Ich sei da auf allen vieren rumgekrochen, mit blutender Nase, sagte Neil Aspinall, und da wechselte ich das Thema und warnte Mal Evans davor, sich am 5. Januar 1976 von Lieutenant Charles Higbie von der Los Angeles Police Robbery and Homicide Division in einem Motelzimmer in 8122 West 4th Street totschießen zu lassen.

»Bullshit!« rief Mal Evans.

»Just a second«, sagte ich und verriet Neil Aspinall, daß ich alles über ihn wisse – daß er die West Derby School besucht, 1959 als Steuerberater gearbeitet und für den ersten Auftritt der Beatles die Plakate gemalt habe, und daß er in den frühen Siebzigern zusammen mit Keith Moon den Soundtrack für den Film »That'll Be the Day« komponieren werde, und als das heraus war, nahm ich, leicht zitternd, einen kleinen Schluck Tee zu mir.

»What the dickens are you talking about?« fragte Neil Aspinall.

Ich erzählte es ihnen. Die ganze Geschichte. Eins zu eins.

»Eat my dust«, sagte Mal Evans, als ich fertig war, und Neil Aspinall sagte, daß ihm schon viele Quatschköpfe untergekommen seien, die es auf die Beatles abgesehen hätten. Allein in den letzten paar Tagen habe er zwei Gesandte vom Planeten Jupiter abgewimmelt, einen Teufelsaustreiber, einen Zwillingsbruder von John Lennon, vier oder fünf Mütter von Ringo Starr, sechs Reinkarnationen von Jesus Christus und drei von Adolf Hitler. Mit einem Propheten aus dem 21. Jahrhundert sei die Versammlung vollzählig.

Und niemand fragte mich, wie mir der Tee geschmeckt habe, und es wurde mir auch keiner mehr eingeschenkt.

Ich trug Geoffrey auf, zwei Eiltermine zu organisieren – einen bei Teasie-Weasie und den anderen bei George Martin. Dann duschte ich zwei Stunden lang, putzte mir die Zähne, gurgelte mit Mundwasser, rieb mich mit wohlriechenden Essenzen ein, stieg in meinen Maßanzug von Henry Poole und ließ mir von Teasie-Weasie persönlich den Bartflaum scheren, die splissigen Haare schneiden und den Schopf in gefällige Form bringen. Nur jetzt keinen Fauxpas begehen.

Ich hatte vor, George Martin mit Details aus seinem Lebenslauf in das gleiche sprachlose Erstaunen zu versetzen wie Richie Havens im Café a Go-Go und den Produzenten dann als überzeugungstreuen Gefährten für unser gemeinsames Ringen um die Wiedervereinigung der Beatles zu gewinnen. Aber erst einmal brauchte ich seine ungeteilte Aufmerksamkeit.

»Mister Martin, the first home you remember is a flat in Drayton Park, opposite the Sunlight Laundry«, sagte ich, als ich in sein Büro trat. Ich wußte das aus seiner 1979 erschienenen Autobiographie »All You Need Is Ears«.

Da er schwieg, ging ich noch etwas tiefer ins Detail und erzählte ihm, daß er seine erste Band George Martin and the Four Tune Tellers genannt und daß Brian Epstein ihm und seiner Frau Judy zur Hochzeit elf silberne Serviettenringe geschenkt habe.

Er sah mich stumm an. Dann faltete er die Hände und beugte sich vor. »Well, Mister …«

»Shears. Billy Shears.«

»Well … okay … now, what's your problem? Is this some kind of joke?«

Ob ich Witze riß? Ich offenbarte ihm, daß ich aus der Zukunft käme, und gab ihm einen gedrängten Aufriß der Geschichte der Beatles von 1967 bis 1970 und darüber hinaus, wie sie ohne meine Missetat verlaufen wäre.

Er hörte mir zu, bis ich darauf zu sprechen kam, daß John Lennon einst in einem polemischen Song mit dem Titel »How Do You Sleep?« Paul McCartney anranzen werde: »Those freaks was right when they said you was dead. The one mistake you made was in your head …«

Da war George Martin mit seiner Geduld am Ende. »I don't know exactly what you're up to, Mister Billy Something-or-Other, but this is certainly not my cup of tea«, sagte er, förmlich und streng. »I wouldn't have any of that.«

Da war auch ich mit meiner Geduld am Ende. Ich hätte das ja alles nicht gewollt, rief ich, aber Irren sei doch menschlich … selbst ein George Martin sei nicht ohne Fehl und Tadel, und jetzt solle er mir verdammtnochmal dabei helfen, die Beatles zu retten!

»Quite honestly, young man«, beschied er mich, »I would be very glad to see the back of you. Farewell!«

Und das sagte mir der Mann, der »Strawberry Fields Forever« und »Penny Lane« aus dem »Sgt. Pepper«-Album ausgekoppelt hatte. Auf diese Fehlentscheidung wies ich ihn lautstark hin.

»What on earth are you on about?« fragte er mich, denn er kannte die Songs ja noch gar nicht, und der letzte Blick, den er mir zuwarf, hätte nicht kälter sein können, wenn er einer Wasserratte in George Martins Hochzeitssuppenschüssel gegolten hätte.

Billy, you're so far away from home …

Jetzt konnte ich mein sprichwörtliches Glück nur noch bei Brian Epstein versuchen, aber dafür mußte ich mir etwas Mut antrinken.

Im Ritz wartete Post auf mich, von Gunther Williams: »Lieber Billy! Deine Finanzspritze und mein Fingerspitzengefühl haben mir im Toto ein kleines Vermögen eingetragen. Die Firma dankt. Ich fliege heute nach Deutschland, um meinem Lieblingsschriftsteller, der so etwas gebrauchen kann, ein Geldköfferchen über den Gartenzaun zu werfen. Walter Kempowski heißt der Mann. Bitte vormerken. Aus dem wird mal was! Ziemlich gut ist aber auch der beiliegende Ratgeber für alle Lebenslagen. Klare Sache und damit hopp. Also, Billy, hol di fuchtig! Dein Gunther.«

Armen Künstlern Geldkoffer über den Gartenzaun zu werfen, ja, das war vernünftiger, als reichen Künstlern hinterherzujagen und sie vor dem Drogentod zu warnen.

»PS: Falls Du selbst die schöne Platte ›Sgt. Pepper's Lonely Hearts Club Band‹ produzieren willst, dann vergiß nicht, daß der Typ links hinter Marlene Dietrich auf dem Cover Albert Stubbins ist. Der war von 1946 bis 1953 Mittelstürmer beim FC Liverpool und hat in 180 Pflichtspielen dreiundachtzigmal die Kugel versenkt. Oh yeah!«

Bei dem Ratgeber handelte es sich um ein chinesisches Orakelbuch. »I Ging – Das Buch der Wandlungen«. Um sich daraus einen Rat holen zu können, mußte man drei Münzen werfen, nach einem verzwickten System, und dadurch das richtige Zeichen ermitteln. Als ich das in meiner Suite ausprobierte, kam das Zeichen »Kun« heraus (»Die Bedrängnis/Die Erschöpfung«): »Wenn man etwas zu sagen hat, wird es nicht geglaubt«, stand da, und das konnte ich unterschreiben, aber aus dem Rest wurde ich nicht so recht schlau: »Man ist bedrängt bei Wein und Speisen. Der Mann mit den scharlachroten Kniebinden kommt eben. Fördernd ist es, Opfer darzubringen. Aufbrechen ist von Unheil. Kein Makel.« Und im Kleingedruckten hieß es: »Hier ist es eine innere Bedrängnis, in der man sich befindet. Äußerlich geht alles gut; man hat zu essen und zu trinken. Aber man ist erschöpft durch die Gewöhnlichkeiten des Lebens, aus denen sich kein Ausweg zeigt. Doch von oben her kommt Hilfe. Ein Fürst – die Fürsten trugen im alten China scharlachrote Kniebinden – ist auf der Suche nach tüchtigen Gehilfen. Aber es sind noch Hindernisse zu überwinden. Darum ist es wichtig, diesen Hindernissen im Unsichtbaren zu begegnen durch Opfer und Gebet. Unvorbereitet aufzubrechen würde ins Unheil führen, obwohl es sittlich nicht unrecht ist. Man muß hier durch innere Geduld eine widrige Situation überwinden.«

Wenn Aufbrechen von Unheil war, wollte ich meinen Besuch bei Brian Epstein lieber noch etwas aufschieben. Ich holte mir ein Bier und machte den Fernseher an. Vielleicht lief da ja etwas über einen Fürsten mit scharlachroten Kniebinden, dem ich mich als tüchtiger Gehilfe andienen konnte.

Nein. Was lief, war der Bericht über einen Irren, der vorgestern zwei Personen schwere Schußverletzungen zugefügt hatte, bei dem Versuch, die Bank von England auszurauben, ganz alleine, am hellichten Tag. Die angeschossenen Bankangestellten waren inzwischen außer Lebensgefahr. Nach seiner Festnahme hatte der Täter ausgesagt, er habe mit der erhofften Beute das Herz seines Geliebten zurückkaufen wollen, der ihm den Laufpaß gegeben habe. Über die Identität jenes Geliebten, hieß es, bewahre Kenneth Halliwell, der Täter, Stillschweigen.

Wie viele Kenneth Halliwells gab es in London? Ich wagte es nicht, im Telefonbuch nachzuschlagen. Opfer und Gebet! Wenn der Bankräuber der Kenneth Halliwell war, vor dem ich Joe Orton gewarnt hatte, und wenn meine Warnung Joe Orton dazu veranlaßt hatte, mit Kenneth Halliwell Schluß zu machen, dann ... ja dann ... hatte ich einerseits Joe Orton das

Leben gerettet und andererseits das von zwei Bankangestellten riskiert. Und das Leiden dieser beiden Schwerverletzten ging zu gleichen Teilen auf Kenneth Halliwells und meine eigene Kappe.

I am the walrus. GOO GOO G'JOOB.

Eine reife Leistung, als milliardenschwerer Beatles-Fan im Herbst 1966 mit den besten Vorsätzen in London einzuschweben, im Handumdrehen alles verfügbare Porzellan zu zerschlagen, sich selbst überall unmöglich zu machen und nach ein paar kurzen Monaten eine Trümmerwüste, ja, ein Schlachtfeld zu hinterlassen.

Den Tod suchte ich noch am selben Abend am Berkeley Square im Clermont Club, einem gediegenen Spielcasino, wo die Leute aus dem Gangstermilieu, von denen Tara Browne mir mal erzählt hatte, einander Gute Nacht sagten. Polish Annie, Horse-faced Lizzy ... Stammering Bill ... Cross-eyed Granny, Chinese Kate und Displaced Olga ... hier ein falsches Wort zur rechten Zeit, nur eine einzige kleine kränkende Äußerung, und man wurde umstandslos einen Kopf kürzer gemacht.

Ich bestellte mir ein Pint, trank es aus, sammelte mich, bestellte noch eins und leerte auch das, bevor ich auf einen gemeingefährlich aussehenden Zweimetermann mit Kürbisnase, Drahthaaren und Orang-Utan-Tatzen zuging und ihm ein kleines Tauschgeschäft vorschlug – eine Nacht mit mir gegen den Dreck unter seinen Fingernägeln, den ich als Bakteriologe gut für meine Doktorarbeit über die Zusammensetzung des Drecks unter den Fingernägeln geistig minderbemittelter Bettnässer gebrauchen könne.

Das war kein Betteln um Dresche mehr, das war Selbstmord. Aber statt sich provoziert zu fühlen, strich mir der Koloß mit einer seiner Tatzen übers Haar und sagte: »Nice try, Kraut.«

Ich versuchte es noch bei drei, vier anderen Brechmännern, ohne daß mir einer den Gefallen tat, mich zu erschlagen. Vielleicht war mein Englisch zu schlecht. Statt mein Leben zu verlieren, gewann ich 12875 Pfund beim Blackjack, und auf dem kurzen Fußweg zum Ritz wurde ich zwar endlich überfallen, aber nicht umgebracht, sondern nur ausgeraubt, und so konnte es nun wirklich nicht weitergehen, denn der Dieb, der mich am Leben ließ, knöpfte mir mein Portemonnaie ab, rannte damit auf die Straße, stoppte ein Taxi, stieg ein und war weg.

Das nächste Taxi kam erst eine Viertelstunde später vorbei, und da war es zu spät dafür, dem Fahrer zuzurufen: »Follow that cab, driver – my life depends on it!«

Im Ritz, wo man von meinem Mißgeschick nichts ahnte, hatte ich noch Kredit. Ich ließ mir eine Flasche Glenmorangie aufs Zimmer bringen und schloß mich damit ein, auf der kleinsten meiner drei Toiletten.

Wieso, weshalb, warum hatte ich Esel keine Nummernkonten in der Schweiz eröffnet? Oder wenigstens ein paar Millionen Pfund im Safe deponiert?

You made a fool of everyone.

Erst jetzt, wo es zu Ende ging, so oder so, fing Billy Shears wieder damit an, am Leben zu hängen.

Weil es ja möglich war, daß der Dieb mein Portemonnaie geplündert und es dann achtlos weggeworfen hatte, stellte ich Nachforschungen an, die mich vom Ritz über die Themse zum Police Lost Property Office in der Lambeth Road und von dort zurück bis zum London Transport Lost Property Office in der Baker Street führten. Ein regenbogenfarbenes Portemonnaie wie meins war leider nirgends abgegeben worden, und ich bat Geoffrey darum, den Lotus zu verticken, heute noch, so teuer wie möglich, und mir den Erlös ins Ritz zu bringen.

So schnell würde mir schon nichts passieren. Und trotzdem trippelte und trappelte ich nervös in meiner Suite umher. Ich hatte mich so gut daran gewöhnt, endlos viel Geld in der Tasche zu haben, und jetzt war ich blank. Das gefiel mir nicht.

Wenn es hart auf hart kommt, kannst du ja Tony Sanchez anrufen und in den Drogenhandel einsteigen, dachte ich. Haha. Oder Tara Browne anpumpen.

Ich wartete lange. Dann rief Geoffrey mich an: Für den Lotus Elan habe er nicht viel herausschlagen können, und im Fahrstuhl seien zwei Gentlemen vom Criminal Investigation Department unterwegs zu mir, die dem Verdacht nachgehen wollten, daß ich Falschgeld in Umlauf gebracht hätte.

Schluck. War das nicht eine meiner Forderungen gewesen, daß die Währung in dem Portemonnaie gültig sein solle? Und war es nicht Strafe genug, daß ich mein Portemonnaie verbaselt hatte?

»Excuse me, sir«, sagte Geoffrey in mein Schweigen hinein und beschrieb mir in kurzen Worten einen abenteuerlichen Fluchtweg über den Personalaufzug und eine Feuertreppe. Ich hätte noch ungefähr eine Minute Zeit; dann würden die Gentlemen vor meiner Tür stehen. »If I were you, I'd cut and run.« Um Haaresbreite könne ich vielleicht noch entkommen. »Face the music, Mister Shears! And do it now! Good luck!«

Schnell ein paar Sachen zusammensuchen, aber welche?

Was war wichtig? Life, as John Lennon once said, is what happens to you while you're busy making other plans. Die Wandergitarre griff ich mir, die Eternamatic von Jimmy Nicols und das »I Ging«, und dann ab durch die Mitte.

It was a very close shave.

Being part of the glittery show-biz scene, damit war es jetzt vorbei für Billy Shears. So what? Bei Hoppy Hopkins angekrochen kommen und ihm von den zehntausend Pfund, die ich ihm gestiftet hatte, wieder ein paar abschnacken? Oder bei der Frau auflaufen, die von Brian Jones sitzengelassen worden war, und als notleidender Ex-Weihnachtsmann einen Teil des Almosens zurückerbitten? Oder bis zum Boden sinken und die eigene Lebensgeschichte an Richard Ingrams verkaufen?

Silver rain was falling down upon the dirty ground of London Town …

Die Eternamatic akzeptierte der Wirt im Clermont Club als Bezahlung für ein paar Ortsgespräche.

Geoffrey, der erste, den ich anrief, teilte mir bündig mit, daß er nicht dazu geneigt sei, sich in die polizeilichen Ermittlungen gegen mich verwickeln zu lassen. Er habe gekündigt und werde noch heute zu einer längeren Auslandsreise aufbrechen.

Aber das Geld für den Lotus, greinte ich, das müsse er mir vorher noch geben. Und eine Spende aus Willibalds Portemonnaie!

»I would prefer not to«, sagte Geoffrey und legte auf.

Das hatte man davon, wenn man seinen Dienstboten zum Milliardär machte. So etwas würde mir kein zweites Mal passieren, da war ich mir sicher. Ich hatte keinen Penny mehr in der Tasche und mußte abtauchen. Aber wo? Bei Marianne Faithfull war dauernd besetzt, bei Jimi Hendrix nahm keiner ab, und Tara Browne weilte, wie mir eine Butlertype schnöde mitteilte, in Switzerland.

Jemand tippte mir auf die Schulter. Tony Sanchez. »There you are, my dear old friend«, sagte er und ließ mich wissen, wie sehr er sich darüber freue, mich an einem meiner letzten Abende in London noch einmal zu sehen, denn ich müsse ja leider abreisen. Randy, Mike und Sid hätten ihm schlimme Dinge ins Ohr geflüstert über meine Chefallüren, und er könne daraus nur folgern, daß diese Stadt für uns zwei zu klein sei. »Y'understand?«

»Yes«, sagte ich.

»No, you don't«, sagte Tony Sanchez und verpaßte mir einen Kinnhaken.

Soviel zum Sommer der Liebe.

Hungrig und müde lungerte ich auf der Waterloo Station herum, bis die halbe Hundertschaft der dort Herumlungernden um halb drei Uhr morgens von der Polizei hinausgetrieben wurde. The playboy formerly known as Billy Shears had no road map to follow.

Jetzt ein bißchen Geld auftreiben, sich den Bauch vollschlagen, den Rest Steffi Grafs Eltern vorschießen und sich dafür einen Anteil am Kuchen sichern, das wär's gewesen.

Nach längerem Umherirren machte ich Rast bei ein paar Pennern, die unter einer Themsebrücke ein Feuerchen in Gang hielten und eine Flasche mit saurem, gepanschtem Apfelwein herumgehen ließen. Jake Drinkers. Ein zahnloser

Greis und ein paar Jüngere. Denen sang und spielte ich ein bißchen was vor.

The old fortune-teller lies dead on the floor ... nobody needs fortunes told anymore ...

Sie bezahlten mich mit Zigaretten und mit alten, kalten, in die Asche gerieselten Chips, die mir exzellent schmeckten. Um noch mehr einzuheimsen, ging ich gleich nach der Mahlzeit zum Zugabenteil über.

Zu essen gab es nichts mehr, aber ich erhielt, immerhin, einen Deckenfetzen, der nach Schweiß und Nikotin roch, und die Information, daß es Nönnchen gebe, die dann und wann in Covent Garden gedünsteten Blumenkohl verteilten, an die Armen.

Da lag ich nun, am Ende meiner – whaddayacallit? – Weisheit. Aber ich hatte ja noch mein Orakelbuch. Das Zeichen, das herauskam, als ich die Münzen geworfen hatte, paßte wie die Faust aufs Auge: »Die Verfinsterung des Lichts. Fördernd ist es, in der Not beharrlich zu sein. Man darf sich auch von ungünstigen Verhältnissen nicht wehrlos mitreißen, nicht in seiner inneren Willenshaltung beugen lassen. Dies ist möglich, wenn man innerlich licht ist und nach außen hin nachgiebig und fügsam. Durch diese Haltung läßt sich auch die größte Not überwinden. Man muß freilich unter Umständen sein Licht verbergen ... So lebt der Edle mit der großen Menge: Er verhüllt seinen Schein und bleibt doch hell ... Anfangs eine Neun bedeutet: Verfinsterung des Lichts im Fluge. Er senkt seine Flügel. Der Edle auf seiner Wanderschaft ißt drei Tage nichts. Aber er hat, wohin er geht. Der Wirt hat über ihn zu reden.« Ja, das hatte er wohl, der Wirt vom Clermont Club. »In großartigem Entschluß will man sich über alle Hindernisse emporschwingen. Aber da trifft man auf das feindliche Geschick. Man zieht sich zurück und weicht aus. Die Zeit ist schwer. Rastlos muß man ohne bleibende Stätte weitereilen. Wenn man nicht innerliche Kompromisse machen will, sondern seinen Grundsätzen treu bleiben, so kommt man in Mangel. Aber man hat sein festes Ziel, dem man zustrebt, auch wenn die Leute, bei denen man wohnt, einen nicht verstehen und über einen lästern.«

Daß ich nicht bei den Urchristen gelandet war, merkte ich beim Erwachen. Bis auf den zahnlosen Alten waren alle verduftet, und sie hatten mir ein Loch in den Gitarrenboden getreten. Mein einziger kleiner Trost war, daß Paul McCartney meine Warnung an Jayne Mansfield weitergeleitet zu haben schien, denn sonst hätte etwas über ihren Unfalltod in einer der Zeitungen stehen müssen, die man sich hier nachts zum Schutz gegen die Kälte unter die Wäsche steckte.

Alle alten Freunde, die ich hätte anschnorren können, waren im Urlaub oder ließen sich verleugnen, und ich mußte mir meinen Lebensunterhalt auf freier Wildbahn zusammenbetteln, immer auf der Hut vor Tony Sanchez und der Polizei. Bis zum 15. Juli hatte ich genug gespart, um Allen Ginsberg auf ein Bier einladen zu können. Ich wußte, daß er an der großen Legalise Pot Rally im Hyde Park teilnahm, und da fand ich ihn auch. Er hatte ein rotes, von Paul McCartney persönlich mit Filzstiften farbig verziertes Seidenhemd an, drei Perlenketten um den Hals und an jedem dicken Finger zwei bis drei Ringe.

Billy Shears wollte beichten, und der weise Dichterpriester Allen Ginsberg sollte der Beichtvater sein.

Er sah mir an, daß es mir Ernst damit war. In einem Pub ließ ich die Katze aus dem Sack und erzählte alles, aber auch alles, ja, ich weinte mich regelrecht aus, doch Allen Ginsberg lachte sich nur krumm und schief dabei und sagte mir, daß ich allein in meiner Einbildung an dem Schlamassel schuld sei, denn es sei unmöglich, etwas zu tun, das nicht im Einklang mit den kosmischen Gesetzen stehe.

Und was war dann mit dem Bullen, der Allen Ginsberg heute widerrechtlich sein Harmonium weggenommen hatte? Durfte sich auch der auf ein kosmisches Gesetz berufen, wenn er ein irdisches übertrat?

Allen Ginsberg lachte wieder. »Who knows? Who cares? Now, let it go. It's not your fault. Just let it flow and drinkapintamilkaday ...« Der Kosmos, singsangte er, sei unendlich viel weiser als unsereiner. Das Menschengeschlecht sei nur eine etwas höhere Ameisenart, der es gut zu Gesicht stünde, das Denken den Pferden zu überlassen. Ob ich wisse, was Bob Dylan einmal auf die Frage eines Interviewers nach dem Sinn des Lebens geantwortet habe? Er sei nur eins fünfundsiebzig groß, habe Dylan gesagt. »Y'know what I mean, Billyboy?«

Na klar. Schon kapiert. *Turn off your mind, relax and float down-stream ...*

Das sagt sich leicht, wenn man entspannt im Hier und Jetzt lebt. Für einen Zeitreisenden mit schlechtem Gewissen sieht die Sache anders aus.

In den nächsten Wochen lebte ich relativ genügsam und zurückgezogen unter verschiedenen Themsebrücken von der Hand in den Mund, ohne mein altes Leben allzusehr zu vermissen. Was hatte ich downtown schon zu erwarten? *A damn good whacking.* Nein, da blieb ich lieber in der Not beharrlich und strebte dem festen Ziel zu, Brian Epstein in der Nacht vom 26. auf den 27. August vor der Einnahme einer tödlichen Überdosis Schlaftabletten zu bewahren. Auch ganz ohne mich und meine Blödheit hätte er im Sommer 1967 unter depressiven Stimmungslagen gelitten, schon wegen seiner vielen unglückseligen Affären, und wie elendiglich mußte er sich nach der überstürzten Selbstauflösung der Beatles fühlen, seiner geliebten Boys, die er vom Cavern Club zum Weltruhm hochgepäppelt hatte …

Zur Teezeit klingelte ich am 26. August in 24 Chapel Street, stürmte zwischen dem Butler Antonio Gracia und dessen Frau Maria hindurch und lief die Treppe hoch.

Der Salon im ersten Stock war leer. Auch das Schlafzimmer im zweiten war leer. Also weiter, auf die Dachterrasse – ja, da saßen Brian Epstein und Paul McCartney, und sie bogen sich vor Lachen, bis sie mich bemerkten.

»Oh no, not that old fart again«, stöhnte Paul McCartney, ließ sich in seinen Klappstuhl zurückfallen und versenkte sein Gesicht in den Handtellern.

»That's a strange way to behave, sir«, sagte Brian Epstein, dieser arme Mann, gepeinigt von Gelbsucht, Liebeskummer, Psychopharmaka und Drüsenfieber … aber so schlecht sah er gar nicht aus, im hellen Sonnenlicht, und mir dämmerte, als ich da so als Fremdkörper auf der obersten Sprosse der Leiter stand und auf Brian Epsteins Dachterrasse hinausragte, daß meine Dienste als Lebensretter hier nicht gefragt waren. Wie sollte ich jetzt wieder rauskommen aus der Nummer?

Ich sprach Paul McCartney meinen Dank dafür aus, daß er meine Warnung an Jayne Mansfield weitergegeben habe. »You did, didn't you?«

»No, I didn't«, sagte er.

»You didn't?«

»Yes, man, you heard me right. I didn't.«

»You heard him right«, sagte Brian Epstein. »He didn't. Goodbye.«

»Goodbye«, sagte auch Paul McCartney. »You had your fun, okay, but now, sunshine, please do us a favour and leave us alone, will you?«

»If you want me to, I will«, sagte ich, und das war mein letztes Wort zu einem der Beatles.

Auf den Tag genau fünf Jahre Jahre nach der ersten Schallplattenaufnahme der Beatles in den Abbey Road Studios humpelte ich am späten Vormittag mit meiner Gitarre zu einer Nebenstraße namens Allsop Place. Some doddery old freak, down and out on the scene, flat broke, dead broke, homeless, at the very end of his tether.

Hier hätte heute ein bunter, von den Beatles gemieteter Reisebus der Firma Fox's of Hayes, Middlesex, in Richtung Somerset losfahren sollen, zur Magical Mystery Tour, mit 43 ausgelassen lärmenden Passagieren an Bord, aber das hatte ich ja verhindert, und zur Strafe hatte ich mir auferlegt, an diesem Ort zu musizieren.

Auf dem Hinweg war ich mir nicht zu fein gewesen, einen glimmenden Zigarettenstummel vom Bürgersteig aufzulesen. So weit war es mit mir gekommen. Noch vor ein paar Wochen hätte mir jede Großbank einen Millionenkredit gewährt: Barclays, Lloyds, Midland, National Provincial oder Westminster – den roten Teppich hätten sie ausgerollt für ihren neuen Kunden Billy Shears und ihn mit Handkuß und Bückling als Master of the Universe begrüßt, und jetzt war ich ein abgebrannter Tippelbruder. Just another Dog End Man.

Ein kreditunwürdiger, verhärmter Bänkelsänger mit dem Belcanto eines Kanonenofens.

Einer Mülltonne hatte ich einen löcherigen Filzhut entnommen, den ich jetzt vor mir aufstellte. If you want to get ahead, get a hat.

Allsop Place war ein guter Platz für schlechten Straßengesang. Der U-Bahnhof Baker Street war nicht weit weg, doch es kam nur wenig Laufkundschaft vorbei. Garagen gab's da und die Hintereingänge eines Monstrums namens Chiltern Court Apartment Building. Ich stimmte meine lädierte Gitarre.

Hey Jude, don't make it bad, take a sad song and make it better …

Niemand horchte auf, als ich mit meinen dürftigen Mitteln alles von den Beatles durchging, was es noch nicht gab und niemals geben sollte. »The Ballad of John and Yoko«, »Let It Be«, »Across the Universe«, das alles ließ die Leute kalt. Nicht einmal mit »Yellow Submarine« konnten sie etwas anfangen. Mein Schlapphut gähnte vor Leere. Ich probierte es mit einem Medley aus »Imagine«, »Working Class Hero« und »Something«, und zwei eisleckende Kinder, ein Mädchen und ein Junge, blieben stehen. Das war doch schon mal ein Anfang. Sie müßten hier auf ihre Mutter warten, sagten sie.

»What's your name?« fragte ich, ohne mein Gitarrenklimpern zu unterbrechen.

»Kimberley«, sagte das Mädchen. »And that's Norman. He's my brother. You're a German?«

Woher wußte die das?

»Our mother is from Germany, too«, sagte der Junge und wischte sich das Schokoladeneis vom Mundwinkel über die Nase.

Weshalb sie denn nicht in der Schule seien, wollte ich wissen, und sie erwiderten, daß sie Haarläuse hätten, und da kam auch schon die Mutter, eine rasend schöne Frau in den Dreißigern, mit Rieseneinkaufstasche, nahm die beiden Kinder an die Hand und hastete mit ihnen zur U-Bahn.

Mütter! »The guitar is all right as a hobby, John«, hatte Tante Mimi einst zu ihrem Neffen John Lennon gesagt, »but you'll never make a living at it.«

Ich stimmte dann, auch ohne Publikum, ein Liebeslied an, das Paul McCartney für John Lennon komponiert hatte.

But as for me I still remember how it was before and I am holding back the tears no more ...

Ein Mann mit Hornbrille und Stirnglatze blieb stehen. »That's a catchy tune«, sagte er, aber dafür konnte ich mir nichts kaufen. Er gab mir seine Visitenkarte und lud mich für den nächsten Tag um zwölf zum Dinner ein, nach Soho, ins Isow's.

Wird schon sowas sein, dachte ich, bis ich auf der Karte seinen Namen las: Dick Rowe.

Dick Rowe? Das war der Mann, der mit dem Stigma lebte, die Beatles abgelehnt zu haben, nachdem sie am Neujahrstag 1962 bei Decca Records vorgespielt hatten. The Man Who Turned Down The Beatles. Er hatte es vorgezogen, Brian Poole and the Tremeloes unter Vertrag zu nehmen, mit der Begründung, daß Gitarrengruppen keine Zukunft hätten. Und gerade der sollte gerade heute gerade hier gerade mich entdecken? Sonst noch was?

Unter der Brücke, in meinen Fetzen gekuschelt, kompilierte ich im Halbschlaf ein ideales fünfzehntes Album der Beatles. Tracks: »Mother«, »Cold Turkey«, »Every Night«, »Mind Games«, »Jealous Guy«, »Working Class Hero«, »My Sweet

Lord«, »You Always Hurt the One You Love« (gecovert von Ringo Starr), »Give Me Some Truth«, »Imagine«, »I'm Carrying«, »My Mummy's Dead«. Nein, Paul McCartneys gute, auch von George Harrison gelobte Schnulze »I'm Carrying« hätte man mit härterem Material umgeben müssen: »Be-bop-a-lula«, »I'm Carrying«, »Wreck My Brain«. So vielleicht. Das wäre eine sehr, sehr gute Beatles-LP geworden. Über die Auswahl und die Reihenfolge hätte man streiten können, aber bitte nicht mit Billy Shears. Nicht um diese Uhrzeit.

Im Isow's pfiff und sang ich Dick Rowe ein paar Melodien aus den Charts der späten Sechziger und der frühen Siebziger vor. Was ich dabei aß und trank, ging auf Kosten von Decca.

Das sei alles »pretty basic«, sagte er, aber ich hätte gute Ideen, und er bestellte mich für den nächsten Tag ins Studio, wo ich, nach einer weiteren schlaflosen Nacht unter meiner Brücke, sechs hochnäsigen Musikern die Hits der Zukunft vorsang und vorpfiff: »You may say I'm a dreamer but I'm not the only one …«

»To be honest«, sagte Dick Rowe, »I know nothing about music, but I know what I like. It's a smash.« Die Bänder werde er zum nächsten Tuesday Product Meeting mitnehmen.

Imagine« war der erste Song, den Decca mir abkaufte, und er wurde ein Hit, gesungen von Tom Jones, skyrocketing to Number One and shaking the world. Danach lieferte ich »Lady Madonna« ab, just another dead-cert Number One chart-smasher. Als die Stones damit Platz eins erreicht hatten, empfing mich Sir Edward Lewis, der Boss von Decca, in seinem Office am Albert Embankment, mit Themseblick und Ledersofa.

»You're a clairvoyant, Billy«, sagte Sir Edward und bot mir eine Zigarre an.

»Well, I've conquered London, now I'm conquering America, next it's the world«, erwiderte ich bescheiden, und da saß ich nun, umwabert von Rauchschwaden und hofiert von Sir Edward, der mich zwei Stunden lang mit Sherry, Bonhomie und Anekdoten abfüllte und mir versicherte, daß ich mein kleines Problem mit dem Criminal Investigation Department jetzt endgültig als erledigt betrachten könne. Er habe einige Hintergrundgespräche mit hochgestellten Persönlichkeiten geführt, und damit sei die Sache aus der Welt.

And ever since then, everything's gone fine for me. Ich habe einen Dreijahresvertrag mit Decca und bin in eine Dreizimmerwohnung am Trafalgar Square umgezogen, wo ich für die Stones und andere die Beatles-Songs schreibe, die es noch nicht gibt. Mit Tony Sanchez habe ich mich ausgesöhnt und ihm eine Motorsäge geschenkt. Damit werden Randy, Mike und Sid heute nacht in Barnes die Eiche fällen, die Marc Bolans glücklichem Lebensabend im Wege steht.

Man I was mean but I'm changing my scene and I'm doing the best that I can.

Der Grafschaft Lancashire habe ich zweitausend Pfund für die Beseitigung der Schlaglöcher in Blackburn überwiesen.

In den knapp achtunddreißig Jahren, die seit der letzten Eintragung vergangen sind, ist allerlei passiert: Ich habe viermal das Rauchen aufgegeben, bin zweimal jährlich zur Kur gewesen und regelmäßiger als George Harrison zur Krebsvorsorge gegangen, und getrunken habe ich seit 1984 nichts wesentlich Härteres mehr als Harntee. Mir fehlt nicht viel. In meiner Sammlung fehlen ein paar Alben von den Beatles, logisch, und in letzter Zeit hat meine Sehkraft nachgelassen, aber ich kenne Gleichaltrige, denen es schlechter geht, und ich habe Jüngere gekannt, die schon lange tot sind, denn es hat kaum irgendwer auf mich gehört. Auch Jim Morrison nicht. The Lizard King of Cool. Wenn er so weitermache, hatte ich ihm 1970 bei einem Dinner im Positano Room der Trattoria La Terrazza prophezeit, werde sein Leichnam Anfang Juli kommenden Jahres von einer Badewanne in der dritten Etage der Rue Beautreillis Nummer 17 auf dem Umweg über einen Obduktionstisch auf den Friedhof Père Lachaise umziehen, Abteilung 6, Reihe 2, Allee 5.

»And the devil may care«, hatte Jim Morrison mir zur Antwort gegeben. »You know what? You have a face only your mother could like.«

I used to care, but things have changed.

Von Tara Browne, Tony Sanchez, Kenneth Halliwell und Joe Orton habe ich lange nichts mehr gehört. Jayne Mansfield, die von Paul McCartney eben doch gewarnt worden sein mußte, ist voriges Jahr mit einem Oscar für ihr Lebenswerk geehrt worden. Richard Ingrams schreibt sich in Kolumnen für den *Observer* um Kopf und Kragen. Patrick Barry ist wegen seiner Verdienste um die Lösung des Nordirlandkonflikts für den Friedensnobelpreis vorgeschlagen worden. Willibald hat sich in Deutschland als Fernsehjournalist hochgeschlafen und bis an sein seliges Ende die ZDF-Sendung »Nachtstudio« moderiert. Seine Witwe Gayleen hat laut Google in vierter Ehe einen italienischen Gartengerätefabrikanten geheiratet und betreibt, als stolze Großmutter von sieben Enkelkindern, eine Schönheitsfarm in der Toscana. Über einen gewissen Geoffrey T. Galloway habe ich vor ein paar Jahren in *Forbes* gelesen, daß er mehrere Spielcasinos in Las Vegas besitze und sich den Luxus eines privaten philharmonischen Orchesters leiste. Der rüstige Rentner Gunther Williams hat sich indessen, wie er mir schreibt, auf der Nordseeinsel Spiekeroog ein Häuschen mit Garten gekauft: »Das Däumchendrehen geht schon wie geschmiert, nur am Seelebaumelnlassen muß ich noch feilen. Weißt ja, wie's ist!«

Nur zum Teil. Bis heute weiß kein Mensch, was von den Beatles noch zu erwarten gewesen wäre, wenn ich ihnen nicht dazwischengefunkt hätte. Brian Epstein zehrt als Elder Statesman auf Mallorca von seinem Ruhm. Ringo Starr wird bald zum vierten Mal als Indiana Jones im Kino zu sehen sein. Paul McCartney tourt mit den Legs durch Südamerika. George Harrison ist, wie ich befürchtet hatte, am 29. November 2001 an einem Gehirntumor gestorben. John Lennon und Yoko Ono dienen seit 1975 in New York der Heilsarmee. Mark David Chapman lebt in Oahu auf Honolulu. 1979 hatte ich ihm dort einen Job als Glöckner in einer von Billy Shears gestifteten Kirche offeriert, mit einem Jahresnettogehalt in Höhe von einer Million Dollar, unter der Auflage, nie wieder einen Fuß aufs Festland zu setzen, und das war ein Angebot, das Mark David Chapman nicht ablehnen konnte.

Als gute Christen, Staatsbürger und Steuerzahler hatten meine Eltern das Geld des mysteriösen Fremden 1967 zur Polizei gebracht und weitergelebt wie ehedem, und das tun sie noch heute. Den Werdegang ihres Sohnes Daniel habe ich kontinuierlich verfolgt, aus sicherem Abstand und mit allen Mitteln, über die ich als frühzeitig eingestiegener Anteilseigner von Microsoft verfüge. Ein Beatles-Fan ist aus dem Knaben nicht geworden – da hat wohl die Initialzündung durch

»Strawberry Fields Forever« gefehlt –, doch er treibt sich in Hamburger Künstlerkreisen herum, und er hat vor, heute abend, am 3. Mai 2005, eine Vernissage im Atelier 46 in der Neustädter Straße zu besuchen. Um das zu verhindern, habe ich drei Models engagiert, die den jungen Mann auf offener Straße ansprechen und ihn auf andere Gedanken bringen sollen. Drei Kleiderschränke von der Reeperbahn bilden einen zweiten Sicherheitsring, für den Fall, daß sich die Zielperson vom Liebreiz der Models nicht betören läßt.

So wie ich mich kenne, ist diese Gefahr gering. Und wie es der Zufall will, gehöre ich seit ein paar Jahren zu den Gönnern und Sponsoren des Ateliers 46, und es wird dort niemand erstaunt aufblicken, wenn sich der alte Knacker Billy Shears bei der Vernissage unters Volk mischt, etwas umherscharwenzelt und sich vielleicht auch anheischig macht, einer feenhaften jungen Dame namens Aurelia mit einer Pinzette einen Holzsplitter unter dem Ringfingernagel herauszuziehen, um anschließend eine kleine Zeitreise zu unternehmen und sich selbst Anfang November 1966 in London in die Parade zu fahren. Yesterday Repair Man's very last job.

Vorhin habe ich das »I Ging« befragt und die Auskunft erhalten: »Das Empordringen hat erhabenes Gelingen … Man muß hingehen und die maßgebenden Leute aufsuchen. Man braucht sich davor nicht zu fürchten, denn der Erfolg wird nicht ausbleiben … Es ist hier ein starker Mann vorausgesetzt. Er paßt zwar insoweit nicht in seine Umgebung, als er zu rauh ist und zuwenig auf Formen gibt. Aber er ist innerlich aufrichtig, und seine Dürftigkeit in den äußeren Formen bringt keinen Schaden.«

Es ist jetzt 18.57 Uhr. Wenn ich Pech habe, wird Aurelia ausbleiben oder zwar erscheinen, aber ohne Splitter im Finger. Wenn ich Glück habe, wird meine Zuckererbsenfee in ungefähr anderthalb Stunden inklusive Splitter das Atelier in der Neustädter Straße betreten, sich von mir entsplittern lassen und mir drei Wünsche freigeben, und dann werde ich zum zweiten Mal in die Vergangenheit reisen und John Lennon am 9. November 1966 freie Bahn und freien Zutritt zur Indica Art Gallery verschaffen. Dann soll sie wiederaufleben, die gute alte Zeit.

Meine Aufzeichnungen lasse ich hier liegen, in meinem Zimmer im Vier Jahreszeiten. Sollten Sie, wenn Sie das hier lesen, in einer Welt leben, in der sich die Beatles erst 1970 getrennt haben, wird meine zweite Mission erfolgreicher verlaufen sein als die erste.

Unten am Gänsemarkt wird Billy Shears sich gleich ein Erdbeereis holen und dann zur Neustädter Straße hinüberspazieren, zufrieden und heiter, und dabei vielleicht sogar ein Liedchen vor sich hin summen.

It's a love that lasts forever. It's a love that has no past.